清平乐

潇湘蓝 著

文匯出版社

自序

写这本书的两年里住在嘉定一处新开发的地区，隶属上海西郊，离市中心坐地铁要一个半小时。远离了都市，繁华并不一定消失。楼下有片占地二百多亩的人工湖，围绕着这片湖区渐渐矗立起一圈楼盘，前后左右的坡地草木被逐一整饰，春天野花纷至沓来，秋天芦荻肆意生长，沿途的木栈道不断向各处延伸，荷塘在盛夏抢占了半个水域，小黑水鸡喜欢躲在里面遥遥地击水，还有来无影去无踪的小白鹭，总能在寂寥的时刻用一道雪白的优雅的弧线瞬间点亮整个湖区。大地一年四季演绎着周而复始的生命故事。一切都在竭力给你另一种生趣、力量和平静。回到高楼里一个人对着电脑坐在躺椅里，日复一日。偶然抬起头来，你会发现阳台一角的蓝雪花在阳光里偷着笑，你还会看到它的五片花瓣是依次绽放的，你听过花开的声音吗？有一次还恍然自己和躺椅长在一起分不开了，惊得一阵心跳。那段时间家人还说我耳朵有问题了，因为我总喜欢把蓝牙的音响开到很大。我希望整个房子和整个人都在音乐里消融。

“清平乐”是个词牌名，之所以用作书名，是因为每当我听到它的时候，它的每个字都是独立的、简单的。它从容地散发着清净、平淡和充满音乐的愉悦之气。这些正是我那时的生活和我此时的心愿。

在我看来，散文集的作品名没有好过“流言”和“传奇”这两个词的。若文字如流水源源不断蜿蜒流长，若叙述如奇闻逸事广为流传，那无疑是万千写作者的一生俗念。而“清平乐”三个字也同样应时而来，在我心里瞬间响起……

2020，谨以此书，留住那些天真无知的小日子。

目录

贰 《诗经》赏

叁　@张爱玲

壹

乱入《红楼》

“乱入红楼”是在洗碗时洗出来的。那段时间一边做家务一边听《红楼梦》，那天听到第33回。听着听着不由笑了。“原来是这样。”也许我的年龄都已比书里的姑娘们大多了，也许一本书浸润在你生活里太久了，终于有一天你离开青春它也要走出来和你对话。你们彼此有话要讲，非讲不可。就像手里的水不停地流动，就像渴骥奔泉，就这样，一部书把一个人从前半生里带出来，又回转身带着所有的惋惜、同情或是不平、愤懑，再从经典里走一遍，一并连着一种惺惺相惜不离不弃的眷眷之心汩汩地往前流涌。

黛玉是精神的，

宝钗是经济的

黛玉是精神的，宝钗是经济的

惜春告假要画园子，探春说“都是刘姥姥一句话”惹的。黛玉忙说，“他是那一门子的姥姥，直叫他是个‘母蝗虫’就是了。”刘姥姥两进荣国府，几乎软化了贾府所有人，只一个黛玉她碰不到。黛玉一句“母蝗虫”当即把刘姥姥打回了庄稼地。

这不是谁笑话谁，甚至不能算句笑语，它就是一句大实话。刘姥姥两进贾府，出发点和结果都是打秋风。有求而来，卷包而去。我也不觉得黛玉没有同情心，似乎是瞧不起穷老婆子。若是黛玉当家，以她的气度，当在凤姐之上。并非是黛玉鄙视姥姥，而是一个纤尘未染的贵族该有的态度和口吻。这是林家，位至列侯，封袭三世，六代簪缨书香门第，末代探花兰台寺大夫，只留下一女黛玉。上古既无，世所未见，其相无极，骨法多奇。曹公赋予的，就是黛玉的文人品性，也就是精神气质。

当凤姐央托姥姥给巧姐取名，被村野老人家不卑不亢的言行打动，当贾母给姥姥夹菜，满含人生的敬畏之心，当惜春画园子将姥姥置于中心，俨然一部雅俗共赏的正剧，黛玉冷冷一笑，撕开了温情脉脉下的阶层本色。雅和俗从来对立，偶有相融，只是各自的血与泪。别说什么人民的名义了，阶层从来都是存在的。黛玉清晰地划出了两个不同阶层不可融合的分界线。

刘姥姥就是野田埂头里飞来的一只“母蝗虫”，在题着“省亲别墅”的牌坊下东北角一处通泻了半天，接着贸然闯进怡红院醉倒在宝玉最精致的床帐内，睡得满屋酒屁臭气；把绿窗风月绣阁烟霞的极品软烟罗扯了要回去做衣裳；再不说她把古往今来没吃过的没看过的没使过的，揣揣搂搂，团团总总，一并带到荒蛮粗劣之所，腌臜尘垢之地。

俗是要大大咧咧地破了雅，要毁了文人数千年剜心沥血字字锤炼出来的至境，没有黛玉一句母蝗虫顶着，这行将末世的画梁玉堂朱门金地，当时就倾覆了。黛玉是这场稻香村众姐妹聚会中唯一的最后的贵族。她始终将贵族的精神气质进行到底。她是质本洁来还洁去，没有一丝一毫的妥协。她的精神一似霁月光风照玉堂，华容婀娜，气若幽兰。

黛玉如凤：

有凤来仪，非梧桐不止，非练实不食，非醴泉不饮。

三千年文明史，文人没啥大贡献，唯有奉献了一代又一代才子佳人的动人诗篇。所有这些最后汇聚到黛玉身上，一颦一笑，一悲一吟，都像是读书人的一个幻梦，一声叹息。

宝钗是经济的。

宝钗，品格端方容貌丰美行为豁达随分从时，“人多谓黛玉所不及”。

话说宝钗那种病又发了，在家待着，“穿着家常衣服，头上只散挽着纂儿”。这旧裳素面的确是养病的情形。但人却伏在小炕几上，同莺儿在描花样。这可是费时又费眼的活，想来是为了避人少说话吧。但是周瑞家的刚进来，她就“转过身来，满面堆笑”，又是让座，又是长篇大套地讲起病情来。不说周瑞家的没眼色，听见宝钗病了还赖着不走，唠叨出一大段“冷香丸”来。到底是宝钗一时一刻也不废，养病间隙也要上下顾全。若是换了黛玉，早一声不言语推出去了。

然后再说起冷香丸。好一单细巧的海上方啊。“春天开的白牡丹花蕊十二两，夏天开的白荷花蕊十二两，秋天的白芙蓉蕊十二两，冬天的白梅花蕊十二两”，我只听见十二两，十二两，然后又是“雨水这日的雨水十二钱，白露这日的露水十二钱，霜降这日的霜十二钱，小雪这日的雪十二钱”，又听见十二钱，十二钱，完了还有“十二钱蜂蜜，十二钱白糖，十二分黄柏煎汤”。

看着明白，听着晕，闭上眼，别的没记住，就是一连串相同的数字在脑子里打架。还有呢，就只觉得一年四季白过了，原来风花雪月不仅可以入词，也可计量得如此细密。

说到宝钗，必然有一通数字相连。

宝钗就是精微，贵族小姐六艺之学，内有一“数”，唯她融会贯通，学得最好。

再究下去，明清量制，一两等于十钱。一钱等于3.125克。再加上节气、季候、时辰，各有规律，机缘巧合，错一不可，这冷香丸在一两年间就成功所得，简直就是高等数学化学物理天象等比配范例啊。

可证处还有一处典型的例子。

惜春作画，宝钗帮忙开了个用料单子，“头号排笔四枝，二号排笔四枝，三号排笔四枝，大染四枝，中染四枝，小染四枝，大南蟹爪四枝，小蟹爪十枝，须眉十枝，大着色二十枝，小着色二十枝，开面十枝，柳条二十枝，箭头朱四两，南赭四两，石黄四两，石青四两，石绿四两，管黄四两，广花八两，蛤粉四匣，胭脂十片，大赤飞金二百帖，青金二百帖，广匀胶四两，净矾四两。”

我敢说你都没肯读完，我也是强求自己写完，好比较宝钗如何能脱口而出这么多名物数字，真正非凡。世间若真有此奇女子，不离不弃，芳龄永继。

后面还有一长段，关于“箩、笔、钵、碗、风炉、砂锅……”亦是一件一数，详备完整。

这画单可仔细，可明白？

这宝钗胸中丘壑，随便拿出来，一本账皆可算到极致。

难怪黛玉要笑话她，把自己的嫁妆单子也写上了。

到这里，黛玉又把宝钗说中了，书中省去了黛玉未说尽的话，“别说是一张画需单子，就是此刻叫她把自己的嫁妆单子写出来，她也是一一有备，流利清爽，齐全妥帖。”

黛玉之敏慧，宝钗之理性，一时分明。

黛玉是精神的，千竿翠竹掩映大株梨花与芭蕉，一隙清泉绕阶而出，磊磊书架兼着诗魂一缕。宝钗是经济的，清厦阔朗，异香扑鼻，然而，一色玩器全无，案上只有一个土定瓶，数枝菊花，并两部书，茶奁茶杯而已。不由心惊，这场数字游戏递减到了，茶香一缕，书两部，竟比黛玉还要孤冷寒彻。

红尘有憾，愿来世，不负如来不负卿。

冷眼最好看处是宝钗

这一节有些意外。

宝钗小恙梨香院，宝玉去瞧她。那天原是尤氏请贾母过去看戏，王夫人凤姐黛玉宝玉跟着去了。至晌午，宝玉送贾母回来歇息。他自己恐怕再去不免又打扰了秦氏等人，于是就想起个在家养病的宝钗来，就这样抽空去了梨香院。

这一节开场就是百转千回，宝玉因不便打扰秦氏遂丢下黛玉独自去看宝钗，前后多少文章。这少年公子其实心里乱得很。

只是这宝玉念头一转，梨香院可热闹了。贵客临门，薛姨妈先乐颠了，一把抱住“我的儿”，又急命人“倒滚滚的茶来”，又笑着“快上炕来坐着”，完全忘了宝玉的来意。宝玉只好提醒她，“姐姐可大安了？”她才忙推宝玉，“可是呢，你去瞧他，里间比这里暖和。我收拾收拾就进去和你说话儿。”

宝玉忙下了炕往里间去。一个“忙”字，笑煞。

哎，这天下丈母娘都那么实心眼吗。

里间的宝钗当然稳重多了。

她知道宝玉来了，静静地等着。于是宝玉见到的是，“坐在炕上作针线，头上挽着漆黑油光的纂儿，蜜合色棉袄，玫瑰紫二色金银鼠比肩褂，葱黄绫棉裙，一色半新不旧，看去不觉奢华。唇不点而红，眉不画而翠。脸若银盆，眼如水杏。罕言寡语，人谓藏愚，安分随时，自云守拙。”

可不要以为这段是写宝钗的妆容，这是宝玉在仔仔细细打量宝钗呢。比对一下黛玉与宝钗初进荣府的笔墨，黛玉之浓墨重彩与宝钗之一笔带过，非曹公厚此薄彼，乃是宝玉眼中有无。只有到这一回，宝玉对宝钗才算留了一眼。

这一看，真好。

单那一句“唇不点而红，眉不画而翠”，不仅是清水芙蓉，天然神韵，而且秀色朗润，质体康健，比黛玉更具人间真意。的确是群芳之冠，花开时节。

书中说得明白，“宝玉一面看，一面问：姐姐可大愈了？”宝钗这才抬起头来，连忙起身含笑一路从老太太、王夫人、姐妹们起各自问好毕。这才是贵族小姐应有的礼仪和节奏。

但奇怪的是，这之后，画风就变了。

接下来的宝钗也开始细细看宝玉，头上戴着、额上勒着、身上穿着、腰系着、项上挂着……这一通细瞅下来还不算，又笑说，“成日家说你的这玉，究竟未曾细细的赏鉴，我今儿倒要瞧瞧。”言语亲切，不比人前。更亲昵的是“说着便挪近前来”。宝钗不比黛玉，他们是青梅竹马耳鬓厮磨一块长大的。这“挪近前来”的动作到底有些不自然。宝玉只好“凑了上去，从项上摘了下来，递在宝钗手内”。总觉得宝钗要看玉，大可不必“挪近前去”，安安静静等着宝玉递到她手里就行了。这才是宝卿身份。

今日梨香院，主仆都有点兴奋了。

接下来就是一大段通灵宝玉与金锁的来历交代。这个巧妙的过渡，重点在引出金锁的妙意。

莺儿几句话诱“题”深入，宝玉果然要求“也赏鉴赏鉴”。宝钗表现得很忸怩，明知拗不过，还要几个来回，更有这句：“一面说，一面解了排扣，从里面大红袄上将那珠宝晶莹黄金灿烂的璎珞掏将出来。”

读到此处，不由愣了一下。

这是小说第八回，宝钗进府没多久，年龄也已是待选宫中。她在宝玉面前自解排扣，露出里面的大红袄，掏出带着温润体香的璎珞，又明显合着金玉良缘的意思，这幅画面不能说香艳，也够情意缠绵的。

宝钗这般举止，还是蛮令人吃惊的。

再比对黛玉和宝玉的亲密，区别就在于宝黛始终甘甜清冽，即便面对面躺下，画面也只是馨怡动人，从无解扣露红的媚态艳姿，叫人想入非非。

这宝玉也是措手不及。前两回刚和袭人初试云雨情，今天又为避秦氏再勾起俗念，连黛玉都不顾了，径自到僻静的梨香院来散心，没想到宝钗又似乎在守株待兔。金玉之意微露，连红内衣都隐现了，宝玉又是最爱红的。此刻两人就近，宝玉"只闻一阵阵凉森森甜丝丝的幽香"，这心甜意洽当口，自然要开始"混闹"了。

难怪黛玉后脚就跟来了，否则曹公这文章也不好往下写了。

黛玉一来，一句接一句，句句如冷风吹醒宝玉。

宝钗也不知何时重新戴上璎珞，扣好排扣。一解一扣都不避讳，但是黛玉来后，她也正常了。可是连一句话也插不上了，好不容易有个缺补，"宝兄弟，亏你每日家杂学旁收的，难道就不知道酒性最热，若热吃下去，发散的就快，若冷吃下去，便凝结在内，以五脏去暖他，岂不受害？"那么有情在理的话，也被黛玉小嘴轻轻一撇，"难为他费心，那里就冷死了我"，一下子就呛飞了。

黛玉之厉害，宝钗除了"不去睬他"，一无良对。

这青春往事里的关窍，原来少不得一张利嘴。后面吃茶、喝酒、晚饭，种种趣谈，统统由黛玉把控，其言谈爽利，口吐莲花并强词夺理、妙语如珠，脂批"绝倒天下之裙钗"，宝钗亦只能听之任之，全场陪坐。

最后还有一节，三人几成定局，也煞是好看。

黛玉问宝玉：你走不走？

宝玉：你要走，我和你一同走。

你若是宝钗，会如何？

若我，肯定是被一下子噎住了。

小丫头给宝玉戴斗笠，遭宝玉嫌弃。黛玉站在炕沿上，“罗唆什么，过来，我瞧瞧罢。”宝玉忙就近前来。黛玉用手整理，“轻轻笼住束发冠，将笠沿掖在抹额之上，将那一颗核桃大的绛绒簪缨扶起，颤巍巍露于笠外。”整理已毕，端相了端相，说道，“好了。”

这一个“就近前来”，何其自然。

这一系列动作行如流水，熟练温柔，宝玉如一只温顺的猫，任黛玉梳理摆弄，真是羡煞旁人，虐死天下单身狗。

宝钗，无语。

仿佛听见“哐啷啷”一声，一颗玻璃心碎裂了一地，声音异常清脆、刺耳……

黛玉来之前，宝钗尚以为宝玉特来看望她，又自以为金玉良缘注定，一时，春心萌动，不避嫌疑，大显女儿之态。黛玉来之后，宝玉唯唯诺诺，俯首听命。他们兄妹亲近，好过旁人数倍。梨香院一场戏，宝玉和黛玉犹抱琵琶半遮面。宝钗却傻白甜了，原来一身贵气的她也会路走香艳，生生解了排扣。这回，她是有点出洋相的。

后来的宝钗很明白，宝玉心里只有黛玉。所以即便众人齐心把她往二奶奶的位次上送，她也只是尽本分而已。人人赞她“有涵养，心底宽大，叫人敬重”，这样的女孩于感情上已十分理性。识分定情悟梨香院的不止是宝玉，还有宝钗。

她是该醒悟的。有时姻缘天注定，有时一物降一物，有时是命。最好的年华未必青春，最好的时区有早有晚。因缘际会。且看且行，且听风吟，别一意孤行，委曲求全，感情最难得，一个洒然。

宝钗所食冷香丸寒气重，专治热毒。宝钗每常犯了，便吃一丸。以宝钗之品貌才能，尚需一味冷香丸调养，何况世间女子。不妨学她配一料冷香丸，没有热毒，治治缺心眼也好。

礼数面前的黛玉和宝钗

第45回“风雨夕闷制风雨词”，有段话挑出来，细细回味一下，非常惊心。

我把它分成三小节。

第一节：

一日，外面矾了绢，起了稿子进来，宝玉每日便在惜春这里帮忙。探春、李纨、迎春、宝钗等也多往那里闲坐，一则观画，二则便于会面。

借着惜春画画的由头，兄弟姐妹们常聚在一起，既是彼此亲厚，更是大观园的生活方式和日常礼仪。

第二节：

宝钗因见天气凉爽，夜复渐长，遂至母亲房中商议打点些针线来。日间至贾母王夫人处省候两次，不免又承色陪坐半时，园中姊妹处也要度时闲话一回，故日间不大得闲，每夜灯下女工必至三更方寝。

这一节相当惊人。

每读至此，心就往下沉。

宝钗的一天是这样的：

日间要到贾母王夫人处早晚省候两次。如果贾母和王夫人不在一处，那么就是各两次，一共四次。

“不免承色陪坐半时”，既然是承色、陪坐，时间不由自己控制。“半时”是一个小时。要是玩骨牌三缺一，宝钗就等应时补上。若是贾母不犯困，闲着就最喜欢和儿孙们在一起，还常常商量讨论各种新玩法，比如合资给凤姐过生日等。那么光贾母这里请安的时间至少应在一个小时。一天中两个小时没了。

请安之外，园中姐妹也要“度时闲话”，曹公这话真是精炼。就是看时间看情况，可长可短。这贵族小姐们之间的应酬往来，其实也非常讲究。各人的习惯脾性都要摸透，没有功夫花在里面，怎么做到得体大方、稳重平和？又一个小时没了。

最后是晚间要去陪母亲。“商议”二字虽然也是指家常闲事，却也不会轻松。薛家一大半主意都得靠她拿。用时至少在半个时辰以外。

如此一天，宝钗留给自己的时间只有每夜灯下，但是她还要做女工，直到“三更方寝”。三更是子时，也就是半夜11点到第二天凌晨1点。

这样算一算，宝钗每天花在礼仪上的时间就已经把她的人生占满了。其辛苦不说，宝钗对母亲的体贴，对贾母王夫人的孝敬，对姐妹们的情意，无一不妥帖啊。

只是日常一天，但是日复一日。

这样看，宝钗的为人的确是极好的。可也是极累的。

第三节：

黛玉每岁至春分秋分之后，必犯嗽疾；今秋又遇贾母高兴，多游玩了两次，未免过劳了神，近日又复嗽起来，觉得比往常又重，所以总不出门，只在自己房中将养。有时闷了，又盼个姊妹来说些闲话排遣；及至宝钗等来望候他，说不得三五句话又厌烦了。众人都体谅他病中，且素日形体娇弱，禁不得一些委屈，所以他接待不周，礼数粗忽，也都不苛责。

这一段也很惊人。

如果你拿黛玉和宝钗相比的话。

黛玉总不出门，原因是“多游玩了两次，劳了神”，又“复嗽”，“觉得比往常又重”。最后这“觉得”两字真是绝妙。表面看是黛玉之娇贵，实际上是繁文缛节令她不厌其烦。因此在贵体“比往常又重”的情况下最大的好处是黛玉可以“总不出门”，连给贾母王夫人请安也不必了，省下不少日常时间。

其次再看黛玉与姐妹们之间的关系：“闷了，又盼个姊妹来说些闲话排遣。”人家林妹妹明明病了，你怎么说人家闷了呢？这转瞬之间的幽默，谁能在意啊。曹公也很调皮。然而，姐妹们来了，“说不得三五句话又厌烦了”。以黛玉之孤况与喜好，姐妹之间多有不同，各人背景、环境有差异，很难做到彼此完全尊重和理解，因此问候之余客套和废话也是正常的。而黛玉心中的苦闷终难以排遣。“众人都体谅他病中……禁不得一些委屈，所以他接待不周，礼数粗忽，也都不苛责。”这句很搞笑。一方面是黛玉不好，你既然生病，把人招来了，又不好生接待，另一方面是众人，既然“都体谅”“都不苛责”，又要说她“接待不周，礼数粗忽”，难怪黛玉不是无事干坐就是泪流不止，一年三百六十日，左右为难啊。

这一段写得轻巧，看得人却是忽上忽下，又叹息又好笑。

表面上是一群贵族小姐们优雅的慢生活，可是其间的分寸力度都不容随活。单单一个日常礼仪就把各人的活动圈子和言谈举止都禁锢住了。已是笼中鸟，却还得修成金刚身。

你细看这一天，宝钗绕着大观园转圈子，处处周全。她的青春与爱统统奉献给了德才兼备。黛玉呢，只能躲在潇湘馆里，一步不能挪。她的泪一半是为了宝玉，一半是愁无人为自己做主。越大，越提心吊胆，不定哪天就被送给哪个臭男人了。

这什么簪缨世族，礼仪大家。

整一个吃饱了没事干，吃人不吐骨头。

所谓礼数，便是这样：

害了黛玉一生，困了宝钗一辈子。

黛玉输给宝钗的那一局

第22回凤姐说“老太太要替宝钗做生日”，总觉得有点突然。

凤姐说：“昨儿听见老太太说，问起大家的年纪生日来，听见薛大妹妹今年十五岁，虽不是整生日，也算得将笄之年。”将笄之年，算是古代女子的成人礼。贾母平白无故怎么问起年纪来，这是要“乱点鸳鸯谱”吗？接下来，曹公正面描写：“谁想贾母自见宝钗来了，喜他稳重和平，正值他才过第一个生辰，便自己蠲资二十两，唤了凤姐来，交与他备酒戏。”

老太太又是问年纪，又是夸赞宝钗“稳重和平”，又要帮她做生日。一向疼爱黛玉的贾母，突然转了风向，似乎有点反常，这是为什么？

曹公每每落笔，必不虚。

我于是把书倒回去看。

前一回，“贤袭人娇嗔箴宝玉”。那日天才明，宝玉刚醒来就趿拉着鞋往黛玉房里去了。黛玉、湘云还睡在床上，三个人就玩开了。袭人匆忙赶过来，看到宝玉已经混在她们堆里梳洗完了，便只得回去。忽见宝钗走来，问起宝玉来，便忍气含笑回道：“姊妹们和气，也有个分寸礼节，也没个黑家白日闹的！”

你看，这一大早的，天刚白，宝玉就跑到了黛玉房里，宝钗又到了宝玉房里。袭人走个来回，发现了一个大问题，就是“分寸礼节”。一个丫头都有了深深的忧虑，这大观园里的青春气息浓厚至此，贾母能有所不察觉吗？

再往前第20回：

宝玉正和宝钗顽笑，忽见人说：“史大姑娘来了。”宝玉听了，抬身就走。宝钗笑道：“等着，咱们两个一齐走，瞧瞧他去。”

镜头转到贾母房里，湘云刚来，正在大说大笑。黛玉在旁。房中一片笑意暖意。

宝玉和宝钗一齐走进来，黛玉一看就不舒服了，“在那里的？”宝玉回：“在宝姐姐家的。”

黛玉冷笑道：“我说呢，亏在那里绊住，不然早就飞了来了。”宝玉一进来就遭抢白，自然要分辩：“只许同你顽，替你解闷儿。不过偶然去他那里一趟，就说这话。”宝玉在兴头上脱口而出，这次忽略了黛玉的心思。黛玉顿时就臊了，站起来就走，宝玉立马知道错了，忙跟了出去。这两人不管不顾的，一个生气，一个着急，丢下众人就走。一时颇冷场。

宝钗便赶过去，走到黛玉房里推宝玉回去。（看清楚她不是去劝和的，是请宝玉回去。这个点插进去刚好。）可是宝玉一心记挂着黛玉，没两盏茶工夫又溜出来到黛玉那去了。宝玉一走，湘云也觉得没意思，也跑到黛玉房里找他俩闹去了。宝钗一点招都没有，眼睁睁看着大家都散了。

原本贾母房里笑声阵阵，不亦乐乎。哪知黛玉一使性子，前前后后，四个小儿女进进出出，搞得众人看花了眼，走了神。内中趣味，大概没人不捂嘴偷笑的。贾母呢，以她老人家的火眼金睛阅人无数，这黛玉和宝玉之亲密已不耐旁人介入。宝玉又独尊她，心疼呵护一丝不苟。湘云也是缺心眼的，到处凑热闹。唯有宝钗，小心谨慎，知礼守节，虽然有点小心思，有点心不甘，尚管得住自己的行为言语。然而宝钗的失意，宝钗有多用力，大约贾母也都看在眼里。

她，一大早就去了宝玉房里。一有机会就和宝玉同行。

“有事没事跑了来坐着，叫我们三更半夜的不得睡觉！”这是晴雯怨宝钗。

“有事没事，三更半夜”这些话如五雷轰顶。以宝钗的绝世品貌，主动至此，叫人心痛。

宝钗用心至此，连贾母也是感动的。

最后是四个人都到了黛玉房里，追来打去，莺讥燕妒，春意飞扬。

独贾母一人在房中，被这几个小儿女的青春情思打发得清清静静，不胜唏嘘。贾母最喜热闹最疼孙辈。此刻，原本其乐融融的绕膝之欢，因一个黛玉惹得四处不安。贾母是要感慨一声“稳重和平”的了。

这便有了第 22 回老太太要给宝钗做生日的兴头。

老太太默许了一回宝钗。宝钗赢了黛玉一局。

然而，再看下去。不由……

宝钗过生日当天，贾母让她先点戏，她点了两出热闹戏文，讨得贾母无比欢心。又给宝玉普及了一部《点绛唇·寄生草》，喜得宝玉拍膝画圈，称赏不已，可谓风头出足。接下来很有意思，戏演完了，要赏。“贾母深爱那作小旦的与一个作小丑的，令人另拿些肉果与他两个，又另外赏钱。”先说另一个“小丑”，贾母喜欢的是噱笑科诨，这等角色自然是受欢迎的。整场生日小宴可都是《西游记》《刘二当衣》这些热闹戏文。可是贾母喜欢小旦，倒是没看出来。凤姐最玲珑，她笑道：“这个孩子扮上活象一个人。”那作小旦的便是像黛玉的。且不说湘云直言说出又引起四人一顿小闹腾，关键是贾母“深爱”两字。这外请的小戏班子里的一个没名没姓的小旦哪里就能担当得起，贾母的心思已经表露无遗了。

钗黛并举，不分高低。是贾府的头桩心事。

给宝钗过生日不过是再一次在众人面前表明她的态度和立场。

她深爱的只有黛玉！

年纪大了，喜欢站在老太太的角度看问题。

贾母为黛玉做的那些事，黛玉何以为报？

黛玉不弱，宝钗不强

黛玉出场，浓墨重彩如仙历红尘，风雷暗蓄、惊天动地。宝钗初见，一字未着，只是家常气息，云淡风轻、暖日生香。曹公这样写法，倒愈发比较出黛玉往后的日子比宝钗难捱。

宝钗进府，喜的是王夫人，她和薛姨妈“姊妹暮年相见，悲喜交集”，大有久别重逢落叶归根的亲情蜜意。黛玉虽得贾母厚爱，但也尽在高处不胜寒。那一句“一年三百六十日，风刀霜剑严相逼”。

黛玉刚进府，王夫人便郑重告诫：“我有一个孽根祸胎，你只以后不要睬他，你这些姊妹都不敢沾惹他的。”嫡亲的表兄，同在祖母身边长大，焉有不理不睬甚至沾惹之说。王夫人开门见山，用词无情。黛玉孤身投靠，好比当头一棒。好在黛玉禀性不愚，口齿爽利。她一番道理细诉王夫人，再回敬一句：“岂得去沾惹之理？”王夫人笑领了。

后面周瑞家的送宫花最迟一个给到黛玉，虽有“顺路”的合理性，但“以近人情间人，人不觉其间”。这二太太身边的一等仆妇，最后一个才送到贾母院所，这等眼色，牵扯上荣府最大的两股势力之争，也不冤枉她。黛玉所言“我就知道，别人不挑剩下的也不给我”，听这话也不是一次两次了。要说黛玉多心，不如说孤女险境大多如此。而且这大概也是黛玉仅有的一点俗世气息了，观之可亲。

其次黛玉讥讽李嬷嬷“必定姨妈这里是外人，不当在这里的也未可定”。不论对错，李嬷嬷从此是不敢轻易在黛玉面前妄为了。这首席奶母的厉害，连袭人都被她当众撕破脸。可不要早点请出为净。

于环境于身世而言，黛玉所为，并非多心小心眼之类的，而是如履薄冰，不得不利剑随身。其骨子里从来不失书香大族的名士风骨，这才有了“一张嘴，叫人恨又不是，喜欢又不是”。

细看这一回，栊翠庵茶品梅花雪。

宝钗坐在榻上，黛玉便坐在妙玉的蒲团上。

妙玉孤傲随性，凡人皆不在眼里。

在她面前，言语行事一丁半点错不得。

妙玉之洁癖其实是一种身份和自卫。要不她就不会把自己常日吃茶的绿玉斗斟与宝玉。而姥姥用过的成窑杯她就扔了。而宝钗虽是主家小姐的身份，坐在榻上，理当如此。可是妙玉向来自视甚高，不肯低人一等。黛玉坐在蒲团上，便是度她平时虔诚礼佛之处，那就有三分敬意了。黛玉是解事人。

后来，黛玉问了一句："这也是旧年的雨水？"妙玉瞬即冷笑："你这么个人，竟是大俗人，连水也尝不出来。"

妙玉忽闻黛玉不识雨水雪水，顿时傲娇，直上青云。黛玉是仙，她便是神了。

妙玉做派，也只有黛玉还能过两句话。宝钗到此，未置一词。她向来言语谨慎，妙玉为人连黛玉都不放在眼里，更奈他人若何。因此一言不发，静观其动。然而一向素来参禅论理经济学问无所不晓的人，到了佛门净地，方觉天外气象，格格不入。这怕是宝钗最惑而无为的一次经历吧。

最后还是黛玉"知他天性怪僻，不好多话，亦不好多坐"，吃过一杯，拉着宝钗走了出来。其心细如发，比宝钗还果断。

另看一节，关于金钏之死。明明是王夫人冲动暴躁，伤人性命。黛玉默如众人，非为冷漠，实在无语。不响就是女人的武器，王夫人无比尴尬。这个时候，只有宝钗粉墨登场，主动前去探慰，竭力让王夫人消除了心理阴影。宝钗懂事，一番劝解却是不自觉的凉薄。

王夫人其实一腔怒火未熄，非但不自责，内心还无数怨怼。连送丧的衣服想到的还是黛玉。一个丫头要赐件新衣服送葬，偌大的贾府，仆妇几百，哪里就寻摸上黛玉的了。这是王夫人的心病。但她也知道黛玉多心，更怕贾母责怪，所以心里犯踌躇。

宝钗也是良善，一味做好人，便又把自己绕进去了。搭上两件衣裳小事，这千金小姐的身份也顾不上了。难怪王夫人也诧异："难道你不忌讳?"宝钗的确是不忌讳的，她一力挡在寡母呆兄之前，勇往直前。她简直把自己活成了一条好汉。

宝钗奈何，委曲求全到这分上，说她善解人意小惠全大体到底也没帮贾府带来多少和谐或受益。你看她的屋子，虽然奇草仙葩，异香扑鼻，却是雪洞一般，一色玩器全无，青纱帐幔，衾褥朴素，薛王两族造就的一身贵气早已荡然无存了。

宝钗未必看透人世，只是一步跨过了青春期，成熟太早，太早。

同为贵族小姐，同处末世。黛玉不弱，傲然于世，拼尽全力，只是为爱。宝钗不强，满腹才情，空里流霜。绝世品貌，徒与庸人赏，做人有何趣味。

黛玉早逝，完成仙历。

宝钗下嫁，走向轮回。

一圆一殇，万艳同悲。

宝黛，不一定属于什么时代

黛玉的衣着穿戴，前八十回只有两处。

一处是第八回，“宝玉因见他外面罩着大红羽缎对衿褂子，因问：‘下雪了么？’”

印象中的黛玉应该是淡妆轻抹的，没想到日常穿的也是一袭夺目的大红。

张爱玲评价这一节，“也是下雪，也是一色大红的外衣，没有镶滚，没有时间性，该不是偶然的。世外仙姝寂寞林应当有一种飘渺的感觉，不一定属于什么时代。”

这样的“大红”和解读几乎写出了如洛神一般的美感，“远而望之，皎若太阳升朝霞；迫而察之，灼若芙蕖出渌波。”

另一处是在“琉璃世界白雪红梅”那回：黛玉换上掐金挖云红香羊皮小靴，罩了一件大红羽纱面白狐狸里的鹤氅，束一条青金闪绿双环四合如意绦，头上罩了雪帽。

生活中，黛玉也是大红白里配青金闪绿，瑰姿艳逸，也一样仪静体闲。

回想“映日荷花别样红”“停车坐爱枫林晚”“半江瑟瑟半江红”，那一片红点亮的画卷就是文人心中最心动的时刻。康乾盛世，红为闺色，兼备华贵、喜气、娇媚、和美，也不分贵贱雅俗，只是一色，却载言载志，大有情意。

另外第21回，还有一处：“那林黛玉严严密密裹着一幅杏子红绫被，安稳合目而睡。”

杏子红：有一年朋友约采杏子。平时不知道，到了杏林里才比较出来，大部分杏子是偏青转黄，只有一小部分是黄中晕红的，这之中又以光泽晶亮的为上品，摸在手里最可人，口感也最清甜。色泽偏绿就生涩，偏深或缺少光彩的就是熟过头了。杏子红那种美感也像青春一般就那么一两天，转瞬即逝的，看到了也叫人怜惜不已。

即便是绛珠仙子黛玉，也是穿红着绿，一样的向往人间春意，并没有故意的删华就素以表高级。

一部红楼包罗万象，以黛玉之人品才情，只一件大红羽缎、一床杏子红绫被就略过万千衣饰，独领风骚数百年，普天下汲汲为衣奴者岂非都成了俗艳。

再看宝钗：

宝钗的衣着第一次出现也是虚笔，“只见薛宝钗穿着家常衣服，头上只散挽着纂儿，坐在炕边里，伏在小炕桌上同丫鬟莺儿正描花样子呢。”

依循张爱玲的思路，一句空里流霜的“穿着家常衣服”，简省到也是世家小姐，穿了件不知怎样的家常衣服，没有颜色，没有镶滚，没有时间性，该不是偶然的。山中高士晶莹雪应当有一种隐逸的风格，不一定属于什么时代。

但我觉得宝钗不比黛玉诗意和精神，她可能另有见地。

宝钗第二次衣着描写在第八回。

曹公这一回写细了，“薛宝钗坐在炕上作针线，头上挽着漆黑油光的纂儿，蜜合色棉袄，玫瑰紫二色金银鼠比肩褂，葱黄绫棉裙，一色半新不旧，看去不觉奢华。”

蜜合色玫瑰紫二色金葱黄，这些宛妙复杂的色调以及参差的对照足以把一个少女的心缭乱。而其质地却不是锦缎羽纱而是棉袄棉裙，又觉平和亲切许多。最后重点在“一色半新不旧，看去不觉奢华”，这些并不鲜明的半旧色调下把衣裙上的繁奢气磨平了。而宝钗整个人的气韵因此脱颖而出，从而越发显得“唇不点而红，眉不画而翠”，这才是宝钗，恰如众人所说，品格端方，容貌丰美。

若没有几件半新不旧的衣服来衬托岁月流逝而容颜不老，也算不得佳人了。

宝钗还有一处，更见雅致。

第 49 回芦雪庵赏雪，众姐妹都是一色大红猩猩毡与羽毛缎斗篷。黛玉也是一件大红羽纱面白狐狸皮里的鹤氅，独李纨穿一件青哆罗呢对襟褂子。薛宝钗穿一件莲青斗纹锦上添花洋线番羓丝的鹤氅。

“琉璃世界白雪红梅”，唯李纨寡居着青色，而宝钗何以也用“莲青”？还记得莺儿说过的，“大红的须是黑络子才好看的，或是石青的才压的住颜色。”宝钗的莲青比石青嫩、娇，这一色大红背景中点缀上些许石青、莲青才更加和谐。如此，她又不随大流又不失身份又显得别致。不说她是否有心艳压群芳，但穿衣用色品味着实教导人。

黛玉之飘渺，宝钗之灵动，如同，黛玉是精神的，宝钗是经济的。她们身上的这种属性自然不一定属于哪个时代。经典之所以永恒。

贾母与刘姥姥

贾母与刘姥姥，大雅与大俗

刘姥姥二进荣国府，凭的是她应答如流的本事。

清早，李纨撷了一盆折枝菊花送给贾母。贾母便拣了一朵大红的簪于鬓上，回头叫刘姥姥也过来戴花。旁边的凤姐一听随手便将一盘子花横三竖四插了刘姥姥一头。众人笑得了不得，又告诉刘姥姥，“还不拔下来摔到他脸上呢，把你打扮的成了个老妖精了”。刘姥姥一点不臊，她说：“我虽老了，年轻时也风流，爱个花儿粉儿的，今儿老风流才好。”这下都没声了。一句“老风流”又俏皮又含蓄又自嘲又不得罪任何人，姥姥真是机智。

刘姥姥之应对，好比灌篮高手，无不命中的。你看，贾母问姥姥，“这园子好不好？”姥姥就回，“竟比那画儿还强十倍。”贾母道，“你瞧我这个小孙女儿，他就会画。”姥姥就忙跑过来，拉着惜春说，“别是神仙托生的罢。”尤其是到了潇湘馆，贾母指着黛玉道，“这是我这外孙女儿的屋子。”姥姥留神打量了黛玉一番，笑道，“这那象个小姐的绣房，竟比那上等的书房还好。”这姥姥神吧，见着黛玉，见窗下案上设着笔砚，书架上垒着满满的书，直接把闺房比作书房。又则，她何曾见过上等的书房？姥姥如此贴心，贾母焉不欢喜。

这大富之家的种种华丽深邃，非得要刘姥姥这样有见识、会说话的山野村妇看过来、说出来，才显得又夸张又合理又搞笑。贾母正是这个意思，所以拉着刘姥姥慢慢逛园子。每走一步路每说一句话姥姥都配合得天衣无缝，贾母的兴致也越发高了。所以接下来，贾母也忍不住要宝了。那就是著名的“软烟罗”那一段。

凤姐说，“大板箱里还有好些匹银红蝉翼纱，也有各样折枝花样的，也有流云万福花样的，也有百蝶穿花花样的，颜色又鲜，纱又轻软。”贾母听了笑道，“呸，连这个纱还不认得呢，明儿还说嘴。正经名字叫作‘软烟罗’。只有四样颜色：一样雨过天青，一样秋香色，一样松绿的，一样就是银红的。若是做了帐子，糊了窗屉，远远的看着，就似烟雾一样，所以叫作‘软烟罗’，那银红的又叫作‘霞影纱’。如今上用的府纱也没有这样软厚轻密的了。”

一段软烟罗，情致婉约，深柔细腻，文辞雅丽，余香满口。富贵荣华到了这般境地，并没有金银铜钱的浊气，奢华豪丽的浮夸，有的只是与自然、山水、节气融为一体的生动体态，还有世间万物情景交融的人世之美。

这一段大雅之笔，为后来刘姥姥在宴饮上的搞笑行止，带来了更痛快的对比效果。

那一句“老刘，老刘，食量大似牛，吃一个老母猪不抬头”，大观园内什么笑态都全了。“林黛玉笑岔了气，伏着桌子嗳哟；宝玉早滚到贾母怀里，贾母笑的搂着宝玉叫‘心肝’；王夫人笑的用手指着凤姐儿，只说不出话来；薛姨妈也撑不住，口里茶喷了探春一裙子；探春手里的饭碗都合在迎春身上；惜春离了坐位，拉着他奶母叫揉一揉肠子。”

这些平时讲究不苟言笑，笑不露齿，稳重平和的千金小姐到哪儿去了？姥姥一句话一个母猪扮相就把万千雅意全拆解了。

这就是大俗与大雅，彼此都到了极致，就是这样的皆大欢喜。

这场宴游大观园，还不仅仅是搞笑。

一时吃毕，贾母等都往探春卧室中去说闲话。这里收拾过残桌，又放了一桌。刘姥姥看着李纨与凤姐儿对坐着吃饭，叹道：“别的罢了，我只爱你们家这行事。怪道说‘礼出大家’。”凤姐儿忙笑道：“你可别多心，才刚不过大家取笑儿。”一言未了，鸳鸯也进来笑道：“姥姥别恼，我给你老人家赔个不是。”

刘姥姥轻轻一句“礼出大家”，凤姐立马赔不是“你可别多心”，鸳鸯也赶紧进来致歉“姥姥别恼”。这里姥姥可有半分谄媚之态，凤姐鸳鸯可有半点势利之心？“礼出大家”，就是姥姥甘居下末，充当清客，搞怪戏谑的底线。顺口一说，也是提醒凤姐等人各自该有的尺度和分寸。“礼出大家”也是凤姐鸳鸯行事的前提，她们只是打趣而非戏弄，只是合作而非作践。好比一场喜剧人表演，演员和编导倾力而为。这一幕稍作停留，他们在人格层面上竟是平等的。

中国传统里的尊老一节的确无贵贱，这一种待人之道，再小的角色上门来，亦可以在“礼出大家”的教化下变得格外自重起来。你知礼，我明事。所以，等级再严，也有刘姥姥的一席之地。凤姐再蛮，平儿也敢摔帘子。

这一节又是陡转。你看见贾母带着姑娘们吃完饭闲话去了，凤姐李纨才得空坐下来扒拉几口饭。鸳鸯犹在管事，看见姥姥，忙问，“为什么不倒茶给姥姥吃”，姥姥赶紧谢过，“我吃过了”，紧接一句“姑娘也该用饭了”，语态之间不胜怜惜。都是一样的替别人着想。

大观园欢宴，这段中场休息厅一幕充满疲累之态。凤姐之尊、鸳鸯之重，万人之上一人之下，以她们今日之风光，尚且这样不易，何况别人。阶层不同，各有牵制。谁又堪羡慕谁，谁又能笑话谁。

宴中，贾母把自己的菜端过去与她吃，刘姥姥挨在贾母身后坦然而坐。都是一样的安详满足。繁华场内，刘姥姥带着这样心知肚明有礼有节的平常心去看，去演，去历，然后彼此相敬，珍重，不忘。人心皆平，才有尘世欢喜。贾母和姥姥，好比人的来时路和巅峰，在大观园这一特殊的背景下快进了一回，岁月流转，不期而遇。贾母感念，姥姥念佛。大雅大俗，各有各的法相庄严。人世两端，众生平等。这场游园大观，人的一生分明了。

贾母：挺住就是一切

写贾母，笔很重。

大大小小写了五个小片段，都没有触及她的魂魄。静下来，把所有浮面都去掉，慢慢地试着摸到最心痛的地方。话说树倒猢狲散，你可知猢狲们四散溃逃的景象背后，那棵巍峨的大树蓦然倒下的时候，天地震颤，风啸鹤唳，花落鸟惊的那个慢镜头……冥冥中，还有一声长长的长长的叹息，穿林渡河、熔日贯月，敲金击玉，天长日久留在了人间……

贾母生前其尊贵荣华，只一句话："满屋里珠围翠绕，花枝招展。只见一张榻上歪着一位老婆婆，身后坐着一个纱罗裹的美人一般的一个丫鬟在那里捶腿，凤姐儿站着正说笑。"

谁都知道贾母在荣府中的地位和分量，但是否清楚贾府目前的外交圈也是倚仗贾母健在？贾母寿诞，来的有北静王、南安郡王、永昌驸马、乐善郡王、锦乡侯、临昌伯等及各自的王妃、太妃、诰命。这些都是世交公侯应袭，和贾母是同一辈人。而贾政是连一个忠顺亲王府的下官都会吓得不轻，单单他们兄弟之流，如何周旋得来。

正因贾母里外都是中心，是贾府精神上的支柱，贾母才能在荣府至高无上。而贾代善早已逝去多年，人走茶凉，贾母犹能一力维持，是相当不易的。

贾母出场已经鬓发如银，年逾七十。这么大年纪还在垂帘听政。你以为她是王熙凤，好卖弄才干？她是不得已。贾府后继无人，是她最大的心病。“可怜我一生没养个好儿子”，这是第 33 回贾母急痛中大骂贾政。贾母之累，更在后继无人的饥荒面前，仍要竭力维持，上下周全。

第 46 回“鸳鸯女誓绝鸳鸯偶”，是贾府一场不小的内乱。

鸳鸯在众人面前跪下，一番横竖不嫁人的话说完，贾母气得浑身乱战，口内所言更是震人耳目：“我通共剩了这么一个可靠的人，他们还要来算计！”

“通共剩了一个可靠的人”：偌大贾府子孙满堂，难不成贾母所信任之人只一个鸳鸯，这话听着蛮打脸的。“他们”似乎还不止一个贾赦。“算计！”看来贾母心里也一直绷着这根弦，母子之间的根本冲突早就是赤裸裸的利益关系了。而贾府还有多少家底，大概也的确只有鸳鸯清楚了。难怪贾赦饥不择食了。

鸳鸯誓绝鸳鸯偶，是对这个家族彻底的清醒。她跟着贾母，很清楚贾府的底子在哪里，什么时候被掏空，贾母一人撑住多少体面，大概没有比鸳鸯看得更明白的。贾赦在贾母苦力经营的背后还有如此不要脸的算计，贾母的确是要大喊一声："可怜我一生没养个好儿子。"

贾赦打定了主意要鸳鸯，贾母怎么办？如果断然拒绝，贾赦必会狗急跳墙。贾母很快冷静下来：

"我这屋里有的没的，剩了他一个，年纪也大些，我凡百的脾气性格儿他还知道些。二则他还投主子们的缘法，也并不指着我和这位太太要衣裳去，又和那位奶奶要银子去。所以这几年一应事情，他说什么，从你小婶和你媳妇起，以至家下大大小小，没有不信的。所以不单我得靠，连你小婶媳妇也都省心。我有了这么个人，便是媳妇和孙子媳妇有想不到的，我也不得缺了，也没气可生了。这会子他去了，你们弄个什么人来我使？你们就弄他那么一个真珠的人来，不会说话也无用。我正要打发人和你老爷说去，他要什么人，我这里有钱，叫他只管一万八千的买，就只这个丫头不能。留下他伏侍我几年，就比他日夜伏侍我尽了孝的一般。"

贾母对邢夫人说的这番话既顾全了彼此的脸面又给了两边台阶下。你听，她说得多委婉自然有情有理：有鸳鸯在我身边，你们也省心。否则，换了别人，成天挑唆我让你们尽孝，岂不多事。第二，贾赦不是要个小老婆吗，我出钱给他买一个丫头。比鸳鸯更年轻貌美，可好？

贾母忍悲含泪的几句话迅速恢复了大观园的固有秩序。贾赦无可奈何亦更为人不齿。贾母恩威并重算过了这一局。历练近百年，阅人无数的贾母到头来要把自己的羽翼一根根拔去，用殷红的血泪去保住最后的体面，够令人心寒的。

作为贾府第一继承人的长房贾赦如此恶俗，其他子孙如何？

第三回，黛玉初进贾府。

贾母因问黛玉念何书。黛玉道："只刚念了《四书》。"黛玉又问姊妹们读何书。贾母道："读的是什么书，不过是认得两个字，不是睁眼的瞎子罢了！"

贾母问黛玉念什么书，是因为黛玉家学渊源。林家是列侯，今到如海业经五世。林如海是探花出身，可谓人中龙凤。接下来就悲哀了。黛玉客气地回问一声姊妹们读何书，贾母回复："读的是什么书，不过是认得两个字。"

你听贾母这口气，转瞬之间颇有不屑。

你要说她也是客气，是没道理的。贾母在自己嫡亲外孙女面前，有啥可自谦的。她这是实话实说。迎春三姐妹，的确天资才情都一般。族中子侄，除了宝玉，都不是读书的料。上学也不过就是识得几个字，装装门面而已。所以，这脱口而出的“读的是什么书，不过是认得两个字”，大有家学无望的叹息之态。

贾母清醒之余，更明智的是她对经济学问的态度。她没有像贾政那样成天端着个士大夫的架子到处呵斥子弟，也没有像王夫人袭人那样苦口婆心百般劝说，非要加官进爵才是正道。是人才是废料，贾母心中有数。所以，贾政那样板着脸教训宝玉，贾母常常拦在里头，并非只是溺爱，她是有她的分寸的。贾政、贾赦，自己的儿子是哪块料贾母能不清楚？倒是别让宝玉被这污浊的“读书人”给玷污了。贾母是见过世面的，也知道怎么教养贵族子弟。她含泪说过，“就只这玉儿像他爷爷”。就这贾府最后一点贵气，怎么也要拼命护佑的。

最后第76回中秋夜宴，尤氏给贾母讲了个笑话：一家子四个儿子，大儿子只一个眼睛，二儿子只一个耳朵，三儿子只一个鼻子眼，四儿子倒都齐全，偏又是个哑巴。

贾母就在这个冷笑话之后渐渐朦胧睡去……你细想，曹公的寓意是不看、不听、不闻、不说。这是古人的长寿秘诀。贾母有何不懂，奈何身不由己，即便风烛残年亦要留一眼一耳，静观默察，一鼻一口，辨味戒言，如此操心一辈子，警醒一辈子，如此才能坚守住这所谓的诗礼簪缨之族的最后一口气。

这就是贾母，她这一辈子，从未真正轻松过。

世间哪有什么富贵荣华安逸尊享可言，挺住就是一切！

刘姥姥告诉你，人情世故值多少钱

刘姥姥二进大观园，带走了多少财物？

第 42 回：刘姥姥忙赶了平儿到那边屋里，只见堆着半炕东西。

这半炕东西，且细看：

1. 青纱一匹。

这青纱可以用来做帐子、糊窗屉、棉纱袄子、棉纱被。

第 40 回贾母说，“再找一找，只怕还有青的。若有时都拿出来，送这刘亲家两匹，做一个帐子我挂，下剩的添上里子，做些夹背心子给丫头们穿，白收着霉坏了。”

按照前后文联系，这匹青纱很有可能就是名贵的软烟罗之一，雨过天青，这就是一般人都没见过的名贵纱料了。以古时一匹布约十丈，33 米左右计算，大约可以做十件成人衣服和八件儿童衣服。光这一匹布，你想赤贫的姥姥家可省多少衣费，添多少风光。

2. 一个实地子月白纱。

实地子纱是纱中最厚密者。

后面平儿还添了一句，“奶奶另外送你做里子的。”

以前做衣裳做棉纱被，里子是另一种结实耐磨的料子，略便宜些。凤姐想得周到，姥姥则又可省去一笔小钱。穷人唯有省钱大法是过日子的根本。凤姐能思虑到这样的小细节上，人情世故是到了真心诚意的分上了。姥姥被感动，原因此其一。

3. 两个茧绸。

4. 两匹绸子。

这两样衣料，平儿嘱咐姥姥，“这是两个茧绸，作袄儿裙子都好。这包袱里是两匹绸子，年下做件衣裳穿。”

茧绸，是用柞蚕丝织成的绸，后来叫“府绸”或“土绸”，虽然没有桑蚕丝柔软舒适，但光泽度好，耐穿，所以用来做袄儿、裙儿最好。另两匹绸子是“年下”才用来做衣裳的，可见质地更好。

这一节关键看平儿的一番细心叮嘱：袄儿裙儿用什么衣料，过年穿的新衣用哪种绸子。直接把姥姥的穿衣档次拔高几个台阶。这样细致的分类，就不是贫家村妇的粗劣陋相，而是安享晚年的乡绅做派了。再比对她初见贾母时连忙先洗了澡，再换了鸳鸯的旧衣服，那时鄙陋不过是权宜之计，如今这份尊贵却足可以在家颐养天年了。两三天内姥姥已是天壤之别了。

相比有些人沐猴而冠的暴富丑相，刘姥姥日后的讲究则显得心安理得又大方妥帖。

5. 平儿送的两件袄儿和两条裙子，四块包头，一包绒线。

6. 鸳鸯又给了三件衣裳。

7. 老太太的几件衣服。

后来，鸳鸯指炕上一个包袱说道：“这是老太太的几件衣服，都是往年间生日节下众人孝敬的，老太太从不穿人家做的，收着也可惜，却是一次也没穿过的。”

平儿、鸳鸯都不是势利之人，她们的旧衣裳必然也是拿得出手的。而贾母的寿衣更是非比寻常了。以贾母之尊，一般货色谁敢拿来孝敬。不要看不起，这只是富人扔出来的几件不穿的衣服。这个好比 LV、Burberry、Cookies、Hermes 内部三折五折，不也很多人抢得疯吗。人家姥姥还是白送。何况明清时期的衣裳裙袄镶滚包钉绣工繁复，都是可以进当铺的，价值也是延续的。你穿的是个牌子，姥姥穿的也是人家的富贵气。其实没有区别。

其次是带回去的吃食：

凤姐给的：

一盒子各样内造点心。

两斗御田粳米。

一口袋园子里的果子和各种干果子。

贾母给的：

一盒子面果子。

一包药："梅花点舌丹也有，紫金锭也有，活络丹也有，催生保命丹也有，每一样是一张方子包着，总包在里头了。"

宝玉给的一个成窑钟子。

贾母给的一盒子是奶油炸的面果子，那是第41回："刘姥姥因见那小面果子都玲珑剔透，便拣了一朵牡丹花样的笑道：'我们那里最巧的姐儿们，也不能铰出这么个纸的来。我又爱吃，又舍不得吃，包些家去给他们做花样子去倒好。'"贾母当即领会"家去我送你一坛子"。

一坛子是夸张了，但一盒子也很不简单了。书中有个细节："贾母拣了一个卷子，只尝了一尝，剩的半个递与丫鬟了。"

原先，我一直不解贾府怎么有这个习惯，宝钗喝了一半的茶，黛玉可以接过来就喝。贾母吃了一半的东西，递给丫鬟吃。难道当年贵族不讲卫生？后来明白了。其实这些好东西，贾府也是限量的，只有正经主子才吃得上。所以，贾母吃一半给丫鬟，等同赏赐，否则她们也只有看的分。由此再看，姥姥一盒子玲珑剔透的面果子，也是很大的面子了。

另外御米，也是姥姥这样的老百姓根本吃不到的。两斗是四十斤。煮粥的话可以吃很久了。俗话说一斗穷二斗富，五六斗就可以开当铺了。可见有二斗粮食的人家就算富裕的了。这相当于又提升了姥姥家的餐桌气象了。

又，一口袋的鲜果干果。这口袋就是姥姥二进荣府背来的大麻袋，量很可观。联想园子里三等仆妇为照看大观园几个果子几枝花打骂丫头亲女穷凶极恶的模样，这里面的价值不要妒煞她们。

又，宝玉给的成窑，那是官窑瓷器。当时，贾母带刘姥姥到栊翠庵品茶，妙玉亲自捧了一个海棠花式雕漆填金云龙献寿的小茶盘，里面放着这个成窑五彩小盖钟。如此郑重其事，又是捧与贾母的，绝非俗物。这姥姥闲来喝茶，品杯的档次也能吓退一干故弄风雅的乡绅势利眼了。若是狗儿拿出去哄骗一二土豪卖个天价，也是有凭有据的。

第三，拿走的银两：

王熙凤给了八两银子。

王夫人给了一百两。

贾母给了两个笔锭如意的锞子。

比对袭人的二两月例，八两相当于她四个月的工资。连同凤姐上回给的二十两，姥姥就这一笔可过一年有余了。王夫人给的一百两则又是袭人差不多五年的工资了。这笔钱也说得很清楚，是让姥姥做个小本买卖，置几亩田。“以后别再投亲靠友的”，这是替刘姥姥做长远打算，这考虑得更周到了。大富之家的人情礼数到这里更上一层楼，姥姥是要念佛的。

贾母给的锞子，按贾母的气度，这是两个小金锭，不是银锭。比王夫人的一百两银子更有贵气和彩头。到年下，赏赐孙辈，其尊荣做派阔比豪绅。

这就是姥姥二进荣国府的收获。

刘姥姥来的时候，是一手牵着板儿，一手背了两麻袋野意，一路风尘走着来的。回去的时候，是坐着贾府的车子，由两个小厮把半炕财物搬到车上，她自管安稳地坐着看看风景满载而归。车上的衣裳物品吃的用的，还有日后生计，凑在一起，几乎就是她的幸福晚年和女儿女婿的后半辈子了。

这些东西虽然对贾府来说不过九牛一毛，但于姥姥而言，几乎就是后半生的保障了。

这趟买卖从支出与收入上来看，刘姥姥好比穿条钓白鱼空手套白狼，且还不是赢几个小钱那么简单，她是得到敬服，收回尊严，载誉而归，算得上功成名就。从投资和回报来看，投资微乎其微，底盘还极干净。后头狱庙相见，拼财救巧姐，更是大恩不言谢。两边且都是大赢。

古来名臣将士出生入死半世也不过如此，刘姥姥凭的是什么？

人情世故值多少钱，刘姥姥把它变现给你看了。

如何在薄情的世界里深情地活着，刘姥姥也做给你看了。

即便是贾母那样睿智的人，老了也会糊涂

红楼梦第 80 回最后一段，王夫人特别吩咐宝玉，“不许在老太太跟前走漏一些风声”。看得我万般不是滋味。

这是什么事，老太太绝不能知道？

原是迎春误嫁中山狼，“从小儿没了娘……如今偏又是这么个结果”。一番哭诉听得人肝肠寸断。王夫人却回说，“不过年轻的夫妻们，闲牙斗齿，亦是万万人之常事，何必说这丧话。”何等举重若轻，刚硬坚强，真乃铁妇也。一场奔涌而来的悲愤就这样像闸门一关，被堵在了胸口。那一边是怎样的肆风虐浪狂涛，都只当没这个人这件事发生过。说什么天地不仁，有时就是某些妇人视万物为刍狗。

作为一家至尊的贾母为何不能知道？

如果王夫人是因为贾母年纪大了受不得刺激凡事应大而化小、老年人唯颐养天年安享天伦是为至孝这些冠冕堂皇的

理由的话，那么先把她在贾府内帏搞的一系列暗黑料理略微梳理一下：

抄检大观园是王夫人下令的。

晴雯、芳官等被逐是王夫人当面发落的。

司棋被撵是抄检的成果之一。

暗封袭人为姨娘是王夫人的主意。

一巴掌逼死金钏儿的也是王夫人……

还有些事情很诡异：

贾政睡在赵姨娘房里为什么每晚有人监听？

李纨和王夫人，婆媳俩为什么没有一句直接对话？

迎接贵妃省亲的大典上为何没有贾环？

周姨娘怎么变成个活死人？

……

这些贾母知道吗？

贾母对园内很多事情的确不知晓。有些事情即便被汇报也是改头换面小而了之的，到底是怎么回事，不论良莠都没人告诉她，也不敢告诉她。

为什么不敢告诉她？

你没瞧见，一拿到绣春囊，王夫人吓得魂都没了，一腔怒火急奔凤姐内室，惨兮兮地说，“不亏你婆婆看见，早已送到老太太跟前去了。”木头似的王夫人此时竟然如临大敌。不就是个阿物儿吗，金钏儿跳井，偌大一个姑娘说没就没了也没见她像这样泪如雨下的。可见老太太治家那会何等清肃、何等果决。

到了她，不管出了多大的事，一切都被瞒得密不透风。

转过身，王夫人还是如常请安问候侍奉立规矩，还有她的妹妹薛姨妈陪笑陪坐，外加凤姐插科打诨，抹骨牌三缺一还有宝钗立马补上。这是什么格局？四个王家人，四面防护，天网恢恢，欲贾母而何为呢？

于是我们看到的贾母，的确是儿孙满堂娇音嚎语宴饮不止，是骨牌哗啦啦一倒，又赢了钱又解了闷又笑了个痛快。贾母在贾府享受着的同时，也展示着世族大家荣华富贵的光鲜一面。

王夫人最大的本事就是给贾母营造了一幅幸福安康的晚年图景。

新版《红楼梦》贾母的那双眼睛，相当锐利，贾母就该有这样一双带着剑气的眼睛。有人说这是李少红选角的败笔，说什么表情夸张，举止怪异。许是87版温蔼慈祥雍容大度的贾母太美好了，大部分人看不到贾母也是老年人，老年人也是会渐渐糊涂的。

回想曾经的贾母是多么霸气，多么睿勇。

她随口就对王太医讲，“若是耽误了，打发人去拆了太医院大堂。”

宝玉大遭笞挞，她气喘吁吁跑过来，句句骂到贾政无地自容。精彩程度堪为训子护犊范本。

发现家族内部问题，她对探春说，“你姑娘家，如何知道这里头的利害。”

后来，后来，贾母就不那么锐利了。

她听见晴雯被赶出怡红院，不过说了声，“谁知变了”。

她发觉袭人“如今也有些拿大了”，凤姐稍微调和一下，她也就一笑了之了。

凤姐被邢夫人当面羞辱哭红了眼，鸳鸯告诉她原因后，她听了默然不语。

至于宝黛之爱情与婚姻，她只不过长期地用拖延战术耗着，除此也毫无作为了。

其实，她也清醒过，也有灵光乍现的时候。

贾赦想讨鸳鸯为妾，鸳鸯跪求贾母，贾母气得矛头第一个对准王夫人：“你们原来都是哄我的！外头孝敬，暗地里盘算我。”难道她说错了？

更漂亮的是怡红夜读那回，晴雯因见宝玉十分苦恼便借机“有人从墙上跳下来了”故意闹得众人皆知。谁知贾母听到了，次日的请安见面会上便说，“如今各处上夜都不小心，还是小事，只怕他们就是贼也未可知。”一句话问得众人都“默无所答”。随即便速传林之孝家的等总理家事的四个媳妇到来，当面申饬了一顿，命即刻查了头家赌家来。

贾母一声令下，谁敢徇私。事情立刻水落石出，其中查得大头家三人，一个就是林之孝家的两姨亲家，一个就是园内厨房柳家媳妇之妹，一个就是迎春之乳母。这三人个个都是有头有脸有靠山有资历的老家人了。贾母毫不含糊，“为首者每人四十大板，撵出，总不许再入”。何等痛快！这才是当家的。比起凤姐杖责迟到者，王夫人血洗大观园，谁更见风采啊？

但，这也已经是强弩之末了。贾母生了半天气，过了又歪在榻上，听着王夫人报告甄家被抄的事，点头叹道，“咱们别管人家的事，且商量咱们八月十五日赏月是正经。”此言一出，贾母的腐气尽出。

贾母的糊涂不是丧失脑力，第 73 回她还有雷厉风行之举，威信和敏锐性也都有。她是被什么迷惑了？

你看，鸳鸯那回，她一边修理邢夫人王夫人一边又立马掏银子给贾赦去买妾，更重要的是，说毕，立刻命人来，“请了姨太太你姑娘们来说个话儿，才高兴，怎么又都散了。”于是那个避嫌的薛姨妈前脚回到自家园中，后脚就被丫头请回，固有的牌搭子不一会全部到位。一场不要脸的老大儿子算计老母亲的风波就这样迅速被推平了，谈笑风生中，四面城墙一垒，一座四平八稳的贵妇宅邸又恢复了优雅活泼的本来秩序。她这么急，又这么云淡风轻，也来不及伤会儿心，生会儿气。她这是被她日常生活的喜乐荣华给迷住了，她已经离不开这样一种花团锦簇众星捧月五福齐全的生活状态了，从而一步一步退让、妥协、容忍、淡漠、且过。

怎样让一个老年人迅速软化，最狠的就是用福气把她团团围住。

她不仅看不到那些欲望与杀戮，她还乐善好施不断祈福，所谓享福人福深还祷福。

可是，如果她朝身后一看，呀……悲凉之雾，遍被华林。

都说贾母是有福之人，可是福气也会变成一把软刀子，一刀一刀帮那些利欲熏心之人割去那些最美的最干净的灵魂，一步一步走向没有光的所在。

曹公言，“享福人福深还祷福”，原来也是一种宿命。

中年人看老年人真是一身冷汗。

有钱有闲的女人自带三分毒。

晚年若有福气，也不能贪。

豪门婆媳

贾母与王夫人

贾母与王夫人这一对豪门婆媳，也是蛮有看头的。

事情要从黛玉进府说起。黛玉进府，贾母几多重视。只看凤姐盛装出演又哭又笑，戏到高潮。王夫人半日不言语，却第一个岔开话题。

王夫人：月钱放过了不曾？

熙凤：月钱已放完了。才刚带着人到后楼上找缎子，找了这半日，也并没有见昨日太太说的那样的。想是太太记错了？

王夫人：有没有，什么要紧。该随手拿出两个来给你这妹妹去裁衣裳的。

既是给林妹妹裁衣裳的，怎么找了半天也没见那缎子？看来不是“记错了”，只是昨日顺口一说，敷衍一下贾母。凤姐认真，当正经事做去了。

这么温情脉脉悲喜交加的场面，突然插这么一冷子话。王夫人的控场能力可见一斑，其身份气场也不比贾母弱多少。百伶百俐的凤姐只屈就个逗趣的角。

若贾母是董事长，王夫人就是CEO，凤姐就是常务总经理。

董事长一重视，CEO 就闻着味了。

常务总经理么，老老实实按董事长的意思来。

问题是董事长年纪大了，CEO 实力也攒够了。

按说那邢夫人当年也是董事长千挑万选进的贾府，可是她辖制不住老公还生不出一儿半女终一无所用了。这王夫人争气，有嫡子不说，女儿还入选王妃，首屈一指贾府女眷第一功臣。这王家族人也争气啊，邢府一族败得兜底空，王家却是连年得意，王子腾新又升了九省统制。王夫人这个 CEO 就这样立起来了。

董事长庆幸找准了一个好媳妇。

可是麻烦也来了。

CEO 的心越来越大了。

取而代之的愿望日益迫切了。

然而董事长的资历还是高在那里。

不说她八十大寿来了多少皇亲国戚，单说她有的那些豪门贵族的小巧玩意儿，诸如软烟罗、雀金裘、满床笏等无数精细之物，还通晓配色布置各种学问，知道借着水音听曲子、赏月在山上最好，也会欣赏仇十洲的画批评明清小说家乱写才子佳人。这般万人敬仰骨灰级的文艺老祖宗，焉是一介土豪加美盲之妇人能抗衡的。

话说刘姥姥当年见过王夫人年轻时“着实爽快，会待人，倒不拿大”。这么一比，如今她却是“笨笨的，木头似的”。可见贾母历练儿媳妇，那也是“温而厉，威而不猛”，非比寻常的。

你说王夫人吃斋念佛，念的啥经啊。

她得沉住气啊。

贾母把宝玉和黛玉揽在身边百般怜爱，王夫人颇有些着急，“每每带信捎书”，也要接薛姨妈母女来，可见是王夫人屡次邀请，而非薛姨妈自己送上门拜亲会友的。她这个姐姐老早就未雨绸缪了。第八回，宝钗道，“也是个人给了两句吉利话儿，所以錾上了，叫天天带着，不然，沉甸甸的有什么趣儿。”你说，宝钗这项上璎珞是谁送的呢？若是自己买了金錾上，岂非笑话。

豪门贵妇心中都有一盘棋。明棋要下，暗棋要摆。

你再看王夫人下的这盘棋。

一是凤姐嫁给贾琏。亲上加亲，两兄弟妯娌间的矛盾缓解了。其次，王夫人的手臂伸得更长了，亲侄女会偏向姑妈还是婆婆，不言而喻。

二是加封袭人为姨娘。袭人、晴雯都是老太太指派给宝玉的。袭人的月钱还是贾母房里账面上领的。但这两人的一封一逐，都没有告知贾母。王夫人拿两个丫头试水，溅了贾母一脸。

攻守皆备，步步挺进。王夫人这个媳妇做得有多稳健，贾母呵呵。

她一边赏着园子一边和儿孙们嬉笑着，抽空也玩了两招。

第一，动用梨香院。

梨香院原本是薛姨妈一家子住着。趁着省亲接驾的机会，说要给戏班子用了。这贾府房舍难道不够用了吗，还需要亲戚挪地方？这不是明摆着请你走吗。

第二，认下宝琴。

贾母盛待宝琴，还故意表示要结亲，最尴尬的就是宝钗了，住进贾府那么多年也没份。可不是敲山震虎，我就是没选中你。

难为王夫人和薛姨妈都接住了。

只因薛蟠打死人命，连累宝钗入宫待选失败，王子腾冷眼看着薛家日渐败落就没再关照过这个妹子，世态炎凉也只有王夫人能依靠了，薛姨妈也是拼了。至于宝钗，若真应了金玉良缘，只有对王夫人更忠心。

按说董事长与CEO位次既定，无需纷争，贾母和王夫人较什么劲呢。CEO一心要上位，已经有点等不及了。贾母的实力财力都还在，王夫人要实现财务自由和权益最大化，她还是要费点心思的。

袭人背弃旧主，金钏儿被跳井，薛姨妈宝钗长留府内，这些贾母都笑笑，忍了。贾母平日里和孙子孙女们说说笑笑就过去了。那一回，终于爆了。

第 46 回“鸳鸯女誓绝鸳鸯偶”，贾母劈头盖脸把王夫人着实骂了一顿：“你们原来都是哄我的！外头孝敬，暗地里盘算我。有好东西也来要，有好人也要，剩了这么个毛丫头，见我待他好了，你们自然气不过，弄开了他，好摆弄我！”

脂批说是迁怒，你生气时会迁怒谁？细想想，都是你平时不喜欢的人吧。

只有心里长久窝着一团火才会就着火山垭口喷泻而出。

贾母还有个得力的帮手，那是二儿子贾政。

贾政虽说迂腐，却最喜读书人。妹夫林如海乃是前科的探花，黛玉的诗文他“一字不改都用了”。宝钗因为有个纨绔子弟的哥哥薛蟠，贾政连带着是不喜的。

王夫人要过这两个人的坎，也是难啊。

她也有失心疯的时候，抄检大观园，逼死金钏儿，怒逐晴雯芳官，凶相毕露，悍烈强硬。也是憋久了。

到了第 76 回中秋之夜，“只听桂花阴里，呜呜咽咽，袅袅悠悠，又发出一缕笛音来，果真比先越发凄凉。大家都寂然而坐。夜静月明，且笛声悲怨，贾母年老带酒之人，听此声音，不免有触于心，禁不住堕下泪来”。

这幅团圆之夜的凄凉晚景，贾母只是落泪，王夫人尤冷若冰霜。

贾母与王夫人的最大区别就是围棋和国际象棋的区别。

国际象棋为了取胜必须消灭对手，然而围棋里最微妙的是：为了取胜必须存活，但也要让对手存活。生死只取决于对手的好坏。

你们看，是不是有点这个意思。

王夫人和李纨

各地都在下雪了，上海没有雪，只是阴冷。阴天读《红楼》，拥炉坐被亦觉其寒。

一、王夫人，宽厚仁慈的婆婆

是这一节：王夫人翻身起来，对着金钏儿照脸一个巴掌。接着便叫玉钏儿，“把你妈叫来，带出你姐姐去。”我惊的是这里：“登时众丫头听见王夫人醒了，都忙进来。”就是这一屋子丫头仆妇，竟无一人为她求情。王夫人之威，众人噤若寒蝉。这股子力道不小哪，一并连同情心爱心姐妹情主仆情统统扑杀。

后来金钏儿含羞忍辱地出去，“在家里哭天哭地的，也都不理会他。”为啥？曹公是这样解释的：“王夫人固然是个宽仁慈厚的，今忽见金钏儿行此无耻之事，故气忿不过。”“宽仁慈厚”，王夫人真好人设啊。好到根深蒂固，一旦动怒，众人一言不敢发一气都不敢出，比之凤姐不知威猛多少倍。

金钏儿的罪名被定性为无耻之事。

何为“无耻之事”？

宝玉：等太太醒了我就讨你。

金钏儿：你忙什么！“金簪子掉在井里头，有你的只是有你的。”我倒告诉你个巧宗儿，你往东小院子里拿环哥儿和彩云去。

有点糊涂，这无耻之事是“有你的只是有你的”，还是最后这个“巧宗儿”？

不怪王夫人，哪个母亲听见丫头给儿子作这样指引都会恼火的。但是，但是，但是，宝玉和金钏儿，怎么也不至于把人驱逐出境啊。王夫人，您到底被触动哪儿的神经了？到底是什么下作无耻之事令您如临大敌，非要肃清不可呢？

再则，王夫人这正房大院也很有意思啊。统共四个有名有姓的丫头，金钏儿、玉钏儿、彩云、彩霞。钏儿姐俩还单纯，彩云彩霞可都是与贾环有染的，那一句“东小院子里拿环哥儿和彩云去”，两人关系已经半公开。这东小院子就是眼皮子底下的事，王夫人何以不置一词？金钏儿事发被逐，而彩云非但无事且顺接升为第一丫鬟。蹊跷啊，王夫人果然是“宽仁慈厚的”。

王夫人不能容许身边丫头亲近宝玉，却能纵容她们一个一个勾搭贾环，细思极恐。

二、李纨，槁木死灰的媳妇

前八十回，李纨和王夫人没有一句对话。

突然看到这句话时，背脊有点发凉。

虽说大户人家婆婆严苛媳妇诺诺，况且贾府素来规矩就这样。王夫人在贾母跟前不也一句话不敢辩。没听刘姥姥夸赞当年的王夫人“着实爽快，倒不拿大”，听着像是另外一个人。那年头世家婆媳最不耐看，犹如伶人与师傅，一入梨园终身受支配没有话语权，非等师傅死了才能出头。

可李纨还没那么简单，光听话不出错就能有老封君的那一天。

寡居的女人处境其实很尴尬，总有点不对劲的地方。

比如她的月例银子就是一个异事：

第 45 回：

你一个月十两银子的月钱，比我们多两倍银子。老太太、太太还说你寡妇失业的，可怜，不够用，又有个小子，足的又添了十两，和老太太、太太平等。又给你园子地，各人取租子。年终分年例，你又是上上分儿。你娘儿们，主子奴才共总没十个人，吃的穿的仍旧是官中的。一年通共算起来，也有四五百银子。

月钱多几两年终分年例是上上分都还不打紧，关键是给她园子、地，各人取租子，这就蹊跷了。一家子住着，贾兰尚小没必要啊。这么早就分园子、地，自己收租子，加起来一年四五百两的银子，完全是独立门户可以单过的意思了。

这里面有个质的区别，李纨是青年丧偶，贾珠死时才二十岁，李纨便是不到二十就守寡了。即便已有儿子，也忒年轻了。旧年的女子也不是个个都挺着死节苟活的，历朝历代寡妇改嫁都是民间常事，贾府显然是做好准备的。不管李纨是否会改嫁，贾家及其家产与她再无瓜葛了。贾府的希望也不再寄予贾兰。有这一层考虑，她的月例银子自然与众不同，但也很显然，这样一来母子俩便如局外人一般，即便同住在一个屋檐下，到底有些疏远了。

算一算经济账就明白了。

贾府待李纨，早就如同外人了。

你家有过寡居的至亲吗？

我家有。从小耳闻目染，她也有儿有女也年轻。因为失去了丈夫，她和夫家的关系慢慢淡了，虽隔园住着，但彼此相见永远客客气气谦恭礼让的。谁都怜她，谁也不忍用她的钱。每当婚丧嫁娶寿祝要出份子时就会有人主动提出包揽了去。每给压岁钱她家的总是多几倍的，都和贾府是一模一样的。她却至今未嫁，家人间虽不大联系，每每提及总含有敬意。但是不再亲近了，也很少来往，因为终是外人了。

前八十回，周汝昌考证写了共十五年间的事。这些年，王夫人和李纨婆媳间的对话都是转述侧面描写，不似家常行事。第 71 回贾母八旬大寿，近旁伺候的是王夫人邢夫人凤姐尤氏及周瑞家的林之孝家的一干媳妇，不见长孙长媳李纨。第 22 回，元宵节贾母制灯取乐，贾政宝玉钗黛三春皆承欢膝下，独不见贾兰。李纨回："他说方才老爷并没去叫他，他不肯来。"这才多大的孩子，已深深感知被忽略冷落的滋味。贾府上下的态度可想而知。再次，王夫人不用李纨管家，不是她与凤姐比较如何，而是她已经失去实际意义上的当家奶奶这个资格了。

另外也总有人谈及李纨吝啬。

探春起社之初，李纨道："我那里地方大，竟在我那里做社。我做个东道主人。"实际上第一社咏白海棠是探春做东，第二社菊花赋是宝钗帮着湘云用螃蟹宴顺带过去了。到了第 45 回李纨和众姐妹到凤姐房里，她直问："这诗社你到底管不管?"逼得凤姐只好说拿五十两银子出来做会社东道。到了芦雪庵联诗前，李纨又对黛玉、宝钗、湘云、宝玉说，"你们每人一两银子就够了，送到我这里来，我包总五六两银子也尽够了。"满打满算李纨也不过出一二两而已。难怪凤姐笑着把她的月例银子各项收入说了个透，还说："你怕花钱，调唆他们来闹我。"

李纨在银钱上把得紧。看上去也的确没有大嫂子的派头，可是你不要被大观园花团锦簇温柔富贵的外象遮住了眼，人与人之间的关系是非常现实的。

若说她小气，如果你能感知李纨的生存孤境，那就释然了。因为适度保持了各自的界限和距离，而后种种或喜或忧或贫或富都要自己一力承担，无论好坏都到不了你跟前大笑大哭。“我只自吃一杯，不问你们的废与兴。”这是李纨的心声。因此贾兰爵禄高登之后她对贾府的衰败也不过问，冰冻三尺非一日之寒，积土成山非斯须之作。

“竹篱茅舍自甘心”是李纨的选择，她守着兰哥儿，绝了自己的尘缘，做了一场母凭子贵的好梦。就是这样，老天也没让她如愿。

“气昂昂头戴簪缨，光灿灿腰悬金印。威赫赫爵禄高登，昏惨惨黄泉路近。”如她所愿，贾兰中举，她受封诰命。心愿达成原本完美。谁知无常又到贾兰战死海疆以身殉国。她则“枉与他人作笑谈”，还被讥责“也须要阴骘积儿孙”。转头一切又成空。

“霜晓寒姿”，是李纨的封印。

“鸳鸯瓦冷霜华重，翡翠衾寒谁与共。”

“此时独立无所见，日暮寒风吹客衣。”

句句悲苦。

苦尽甘来，也未逃脱悲剧的宿命。

大观园内外

晴雯为什么撕不过袭人

洗碗的时候，听《红楼梦》，第 31 回，听到晴雯和袭人斗嘴。不由一笑，这晴雯，真不是袭人的对手。

晴雯原是和宝玉拌嘴。袭人赶过来劝解，不料话里有刺，句句扎在了晴雯的心坎上。两人你来我往，醋翻酱倒，煞是好看。

袭人赶过来劝慰的第一句话是：好好的，又怎么了？可是我说的“一时我不到，就有事故儿”。

“好好的，又怎么了？”

这宝玉房里好好的么？

第 30 回，宝玉“因宝钗多了心，自己没趣。又见林黛玉来问着他，越发没好气起来”。他忍着气无精打采到了王夫人屋里，好不容易和金钏儿闹着玩解解闷，不料惊恼了王夫人，金钏儿被赶了出去。回到大观园，又被关在门外，淋得雨打鸡一般。因此第一次在怡红院里发了回少爷脾气，不巧又一脚把袭人踢伤了。种种不安，到了第二天这会子，正在为昨日诸事“心中闷闷不乐，长吁短叹”。这不一早起来，又无故对晴雯数落了两句。

所以，这“好好的”三个字，是不合常理的。

但也由此可见袭人的心理素质。

在她看来，那些事情都没有什么大不了的。即便是当中挨了“窝心脚”，她也即可以自己化解了，“我是个起头儿的人，不论事大事小事好事歹，自然也该从我起。”

“我是个起头儿的人”，这就是袭人的定心丸。

后半句“一时我不到，就有事故儿”，这句话避重就轻，于宝玉、晴雯都无益，只强调了她的重要性：怡红院里有她就无事。袭人说话做事都是站在怡红院当家丫头的位置上的。说她拿大，也非虚名。

其次，实际上，这一天在宝玉身边当差的大小丫头都蛮紧张的。你想，连袭人都挨了窝心脚，其他人还敢随便言笑吗？

晴雯就不同了。

宝玉生闷气，她心里也不好受。袭人挨了窝心脚，其他丫头都惴惴不安，这会没人敢凑到跟前来卖乖了。你看前面，有哪些端茶送水亲近伺候的活是晴雯做的？就这火山当口，晴雯站出来了。比如后面的“勇晴雯病补雀金裘”。

她不怕宝玉，但是她也不会劝解宝玉。宝玉生气，她也生气。两个人心里都不顺，碰在一起，自然就要拌嘴。袭人插进来，对晴雯来讲是多余的。何况她一上来就“我们，我们的”，把晴雯撇开了。

晴雯是个直脾气，她哪里受得了这个。

“自古以来，就是你一个人伏侍爷的，我们原没伏侍过。”

这话直挑袭人的刺。袭人平时有意无意的拿大，媚上令下的各种做派，晴雯冷眼旁观，颇有不屑之意，这会子也算给她逮着机会出口气了。

按说这句话袭人是很难反驳的。可惜晴雯后半句没说好：“因为你伏侍的好，昨日才挨窝心脚。”这可触到宝玉的痛处了。他心里正悔得很，这会当面又挑出来，如同伤口上撒盐，他自然就要护着袭人了。

晴雯的爽辣本来是有利的，可惜说话不过脑子，这下节节败退。

晴雯是个什么东西，袭人心里有数，她犯不着跟她计较。可是她看到宝玉气得脸黄了，知道他是恼自己了。本来为此事他心里就不安，此刻再被提起更加愧疚，宝玉也是个实诚人，真急了又犯呆病，事闹大了谁都不安生。因此只能劝晴雯：“好妹妹，你出去逛逛，原是我们的不是。”

谁知晴雯一听“我们”两字，又气炸了。她也是一颗心都在宝玉身上，此情何以堪。

她索性指着袭人骂道："别教我替你们害臊了，便是你们鬼鬼祟祟干的那事儿，也瞒不过我去。明公正道，连个姑娘还没挣上去呢，也不过和我似的，那里就称上我们了。"

晴雯这话相当厉害，袭人那么镇定的人，羞得脸紫胀起来。

要说袭人不避嫌疑当众称"我们"，倒也不专为气晴雯。宝玉初试云雨情，袭人就把自己认定是宝玉的人了。随口带出也是情有可原。晴雯哪里知道其中的厉害，且这话也相当愚蠢。

一是袭人若一击不倒，晴雯便是污言秽语，淫乱生事了。二是不该当众揭皮，那么私密的事，骂的是袭人，伤的是宝玉，连带坏了怡红院的名声。这是谁都不会允许的。

而宝玉心里更坦荡，他和姑娘们玩笑惯了，心思却并不龌龊，他和袭人之事，在他也是天性使然，并没有羞耻之感。他这会不含糊了，一句"你们气不忿，我明儿偏抬举他"，把晴雯的言外之意全掸去了。而且他用的是"你们"，就是明摆着告诉这屋子里听墙角的、看好戏的所有人，都一并告知了。

袭人呢，话挑到这地步，她也正式应战了。

"姑娘倒是和我拌嘴呢，是和二爷拌嘴呢？要是心里恼我，你只和我说，不犯着当着二爷吵，要是恼二爷，不该这么吵的万人知道。我才也不过为了事，进来劝开了，大家保重。姑娘倒寻上我的晦气。又不象是恼我，又不象是恼二爷，夹枪带棒，终久是个什么主意？我就不多说，让你说去。”说着便往外走。

袭人这一段话，真是无懈可击。

你仔细听“姑娘”两字，字字回击晴雯，言外之意：你也不过是为了宝玉，也不过是为了挣上“姑娘”的身份。我也给你点明了吧。

一迭声的“姑娘”喊着，不多说一个字，也足以让晴雯脸红了。

接着她点明拌嘴是因为恼她，瞬间堵住了晴雯的利嘴。又提醒晴雯即便心里恼，不该当着万人面，整个怡红院都在看笑话呢。第三说晴雯“夹枪带棒”，是女孩子小家子气，说话不上台面。最后故意走开，一下子冷场，让晴雯彻底没了台阶下。

袭人一撤，房里只剩晴雯和宝玉两个，那就是两个小孩子。一个光会恼，一个只会哭，毫无回转之力。最后的场景是，宝玉执意要赶晴雯走，晴雯死活不肯出去。袭人稍稍用力，她就吃不了兜着走了。

袭人躲在一边听消息，让他俩闹够了是时候了，再走出来带着众人跪下来央求小祖宗，平息了这场风波。

整个事件果然应验了袭人说的“一时我不到，就有事故儿”，前有豪言，后有实干。不仅再次在众人前赢得面子和尊重，也彻底打压了晴雯。袭人的心机思量，跟晴雯都不在一个级别上。

这场怡红院第一和第二丫头之争，袭人完胜。

尤三姐与柳湘莲的乱世情缘

《红楼梦》里最复杂、悲情而又能彼此拥有的，是哪一对？

我觉得是尤三姐与柳湘莲。

“说来话长，五年前我们老娘家里做生日，妈和我们到那里给老娘拜寿。他家请了一起串客，里头有个作小生的叫作柳湘莲。他看上了，如今要是他才嫁。”

五年前的尤三姐大约是惜春的模样，“身量未足，形容尚小”，也是“年貌虽小，却有一段自然的风流态度”。她漫不经心地坐在廊下嗑着瓜子，园子里锦带招展笙歌聒耳，戏台上《姜子牙斩将封神》接着《西厢记·听琴》，忽然就怔住了，好一出生旦风月戏文，好一个俊雅的小生，她看着看着也像是到了戏台上，又或是小生正面对的那幅美人画，听他念念有词，声动音啭习习推开一池春水，荡荡不止……耳边细听分明，也是个世家子弟，名叫柳湘莲。

“那柳湘莲原是世家子弟，读书不成，父母早丧，素性爽侠，不拘细事，酷好耍枪舞剑，赌博吃酒，以至眠花卧柳，吹笛弹筝，无所不为。因他年纪又轻，生得又美，不知他身分的人，却误认作优伶一类。”

既是世家子弟，又被误作优伶一类，这样的境况和她家不是一样吗？伊也是破败之家，寡母弱女，靠人接济，不也是凭着妙龄姿色惨淡度日吗？遇见柳湘莲，尤三姑娘是看到了自己，一并连着希望与未来。她是七分暗恋三分怜惜。原本是一对璧人，同病相怜，可惜机缘不到，各自错入人世，历经劫难。

尤氏怜老惜贫每每关照，贾珍父子却是另有打算。尤家就像是清末的长三堂子，这两个奇货可居的清倌人，在荣华富贵的假象里，一天天走向水藻深处，最后拔也拔不出来。不能改变的是环境，决定命运的是性情。尤物长成父子聚麀一夜饕餮，不知这姐俩酒醒之时可曾哽咽无语还是嚎啕恶呕，想来一屋狼藉两美对坐披衣散发眼神空冷阴气肆虐足足一本大戏连曹公也下不去笔的。都说尤二姐软弱温厚，尤三姐刚烈老辣，其实姐俩一样的痴善不化。

尤二姐遇人不淑接连上当还是一味柔顺。遇到贾琏，二姐自以为熬出头了，只有三姐心里明白，“我也知道你那老婆太难缠，如今把我姐姐拐了来做二房，偷的锣儿敲不得。我也要会会那凤奶奶去，看他是几个脑袋几只手。若大家好取和便罢；倘若有一点叫人过不去，我有本事先把你两个的牛黄狗宝掏了出来，再和那泼妇拼了这命，也不算是尤三姑奶奶！”

还有更给力的一段：“姐姐，你一生为人心痴意软，终吃了这亏。休信那妒妇花言巧语，外作贤良，内藏奸狡，他发恨定要弄你一死方休。你依我将此剑斩了那妒妇，一同归至警幻案下，听其发落。”

若尤三奶奶活着，凤姐就惨了。

依她的性子，她真能挥刀斩了这妒妇。

不过，论理两人不相上下，论心机手段，那还是凤姐两面三刀更胜一筹。

凤姐呢，你不跟她抢男人她还能讲点道理。有个把妾侍，就跟她戴了绿帽子一样受不了。她只有一个“不贤”的不良名声，这也让她叫平儿给虚掩过去了。她在尤姐跟前是没漏洞的。尤姐俩就有个死角，那就是一个“淫”字。偏偏她们自己也是这样认为。“你我生前淫奔不才，使人家丧伦败行，故有此报。自古‘天网恢恢，疏而不漏’，天道好还。你虽悔过自新，然已将人父子兄弟致于麀聚之乱，天怎容你安生。”这可是连曹公都解不开的了。

就这一字，尤家姐妹必然自蹈死局。

死，是捍卫她们最后的尊严，也是彻骨的绝望。

人世是不在意的，宁荣两府风平浪静，一花委地怜春去，一叶凋零尚悲秋，“淫死”的女人无人怜惜。你敢说你掉泪了吗？

相比，柳湘莲似乎要轻松些，赌博吃酒眠花宿柳暴打薛傻子和票戏养闲萍踪浪迹给秦钟修缮坟茔私交宝玉，桩桩件件都是他的风流韵事豪爽作为，活得未必不快意。人生规划也是模模糊糊的“定要娶个绝色的”。虽是个外貌协会会长，却又不止于色。他要的连他自己也说不清。宝玉说他精细，其实只是在知交那里周到妥帖，一入红尘也是半个场面上人，搁不住贾琏两三句话就把家传之宝鸳鸯剑交了出去。既交付，又不能守信，转念间又去要回来。真正无情无义冷二郎。

五年里尤三姑娘尽管活得昏天黑地，醉生梦死，倒也心里越来越明白，因为他留下的那道澄澈的亮光一直都在，暖着她，指引着她。“喝酒怕什么，咱们就喝！”闹到头了，终要逼她显形。尤二姐“盘问他妹子一夜”，又是漫长而不寻常的一夜，姐俩披肝沥胆，细说由来，她终于把柳湘莲从梦里逼到了现实里。

然而，柳湘莲不是柳梦梅，入不了贾府的牡丹亭。现世太复杂，同是两个挣扎着从泥泞中亭亭而出的一流人物，却并不曾看见她出淤泥而不染的魂魄。他听了，跌足道：“这事不好，断乎做不得了。你们东府里除了那两个石头狮子干净，只怕连猫儿狗儿都不干净。我不做这剩忘八。”这话说的，我都听不下去。难为你了，小柳儿，这么些年和宁府这帮畜生来往也不少。

话到这分上，郎情妾意两不相干，又擅自生猛，狭路相逢直下一部黑色文艺大片。

且看尤三姐拿到鸳鸯剑兀自“喜出望外，挂在自己绣房床上，每日望着剑，自笑终身有靠”。尤家的故事，曹公写淡了。他难道没看到，三姐常常止不住泪流满面，止不住笑出声来。

非如此，不能以全力待小柳儿上门，顷刻之间，天崩地裂，山无棱天地合，遂与君绝。

尤三姐一腔真情含于内即刻摘下剑来，将一股雌锋隐在肘内，“你们不必出去再议，还你的定礼”。一面泪如雨下，左手将剑并鞘送与湘莲，右手回肘只往项上一横。可怜“揉碎桃花红满地，玉山倾倒再难扶”，芳灵蕙性，渺渺冥冥，远离了红尘。

自诩情深义重的冷二郎这才醒了，孤鸿飘渺情至臻境，原是他无知无觉无情无义，不曾想从未相见从不相知亦有种种过往百般牵缠，直到这最后一刻，连同真相大白生死大限爱情圆满一并呈于怀中，大悲大喜大爱大信一起尽得，却又尽失。柳湘莲“不觉冷然如寒冰侵骨，掣出那股雄剑，将万根烦恼丝一挥而尽”，跟着道人去了。

尤三姐一剑还痴情，从此江湖不见冷二郎。

湘莲不负深意，鸳鸯剑情归一处。

当时明月在，曾照彩云归。

曹公不必虚拟太虚幻境，人间也不必说三道四，比超脱和绝尘更贵的是两个人真正的契合与彼此拥有。

一道残阳铺水中，半江瑟瑟半江红。

即便惨烈，终值得。

负能量爆棚的赵姨娘

前几天做饭时听红楼，“茉莉粉替去蔷薇硝”，赵姨娘大闹怡红院。叫骂声、厮打声、哭声、笑声混成一片。一向雅腻的大观园突然来了这么一夜叉干将，画面顿时喜感非常。尤其是晴雯，一边假意拉着，一边笑到肚疼，还对袭人说，“别管他们，让他们闹去。”“让他们闹去！”……我也笑出神了，手里锅里连连出错。

赵姨娘真不赖啊。能在大观园里整出动静来的，黛玉、司棋、晴雯，还有就是她了。

她的胆子是从哪里来的？

先看“姨娘”这个身份。从高到低看，尤二姐被称呼为“二房奶奶”，相当于平妻，比“姨娘”高一等。邢夫人曾对鸳鸯许诺，“进门就开脸，封为姨娘”，那是丫头收房的最高礼遇。另外香菱是薛姨妈“摆酒请客的费事，明堂正道的与他作了妾”，秋桐是“赏为妾”，两人就又差着一等。至于半公开的袭人连晴雯也可随意讽刺“连个姑娘还没挣上去呢”，是为末等。

虽然是个二等妾侍，但是，比她强十倍的迎春她娘早死了，尤二奶奶也吞金自尽了。和她平级的周姨娘有似于无。平姑娘没有子嗣，袭人没有名分。在她之下的秋桐被逐，娇红佩凤偕鸳皆不是正头货。

宁荣二府，只有她熬油似的还有了环哥和探春。姨娘里头，就她命最硬了，底气最足了，最风光了。按说，她非常成功地建立了以贾政、探春、环哥这三足鼎立的稳定局面，怎么也要升为“赵二奶奶”了，但是，她始终被呼来喝去叫“姨娘”。

你说她胆子哪儿来的，一口气落不下呗。

再看一下，赵姨娘每每生事，后面总有人拨火。

“茉莉粉替去蔷薇硝”，贾环被芳官耍了，她一头火“飞也似的”跑到园里。谁给她拨的火？

夏婆子。“你老想一想，这屋里除了太太，谁还大似你？你老自己撑不起来；但凡撑起来的，谁还不怕你老人家？如今我想，乘着这几个小粉头儿恰不是正头货，得罪了他们也有限的，快把这两件事抓着理扎个筏子，我在旁作证据，你老把威风抖一抖，以后也好争别的礼。”

夏婆子是何人，藕官的干娘，其实就是在梨香院打杂的。差不多属于四等仆妇了。就是麝月讲的没你讲理的份，站久了还要拿布擦地赶紧给我滚的那种。但她一番话麻溜得很，有料有据，火上加油的。

其次，赵姨娘也不是一个人来的，她后面跟着来了一干人。这帮人各各称愿，都念佛说“也有今日！”镜头再转到怡红院内的一干老婆子，也都怀怨在心，也在称愿。

最有趣的就是探春和尤氏李纨平儿赶来喝住，探春越想越气，“因命人查是谁挑唆的”。接下去的场景就是：媳妇们只得答应着，出来相视而笑，都说是“大海里那里寻针去?”只得将赵姨娘的人并园中唤来盘诘，都说不知道。众人没法，只得回探春：“一时难查，慢慢访查，凡有口舌不妥的，一总来回了责罚。”

多默契的一群仆妇啊。谁都没有多嘴，反而装傻充愣异口同声作弄起主子来。看来婆子和姑娘的矛盾早非一日之寒。这场闹剧，表面上是芳官要了环哥赵姨娘前来出气，实际上是梨香院一群小戏子和下等仆妇的积怨大爆发。也就是同为最底层的“宝珠”和“鱼眼睛”们的一场撕逼大战。结果，“宝珠”芳官哭得死过去，“鱼眼睛”们相视而笑称愿念佛，还众志成城把事情不了了之。“鱼眼睛”们得意啊。

再看一看，赵姨娘的朋友圈。除了夏婆子，还有马道婆、彩云、彩霞，甚至大管家林之孝夫妇。

夏婆子说："你只管说去，倘或闹起，还有我们帮着你呢。"这可不是吹牛，结果就是众口一词没人为此付账。探春要查"谁挑唆的"，连个鬼影都捞不着。

马道婆也很奇葩。

她是宝玉寄名的干娘，贾母王夫人也常见的，佛前上供都要听听她的主张。她却和赵姨娘关系不错，各房各院请安完就跑到赵姨娘屋里歇脚唠嗑，一来二去，无话不说。两人暗算出一条"魇魔法逢五鬼"计谋来。这招无异于釜底抽薪，直接断了王夫人的臂膀和贾府第一继承人。够狠！要不是一僧一道护佑，赵姨娘就逆袭成功了呀。

注意！这件事里，叮当穷的赵姨娘写了张五百两银子的欠契，也是大手笔。

彩云、彩霞都是王夫人身边的一等婢女，但是她们都和环哥有染，照贾环的熊样，很难说没有赵姨娘的竭力拉拢。彩云为她偷过玫瑰露，彩霞被打发出去后思嫁环哥也是托人带话给赵姨娘。彩霞托的就是林之孝，可见她们之间的关系和信任度。如果赵姨娘不善于和人交往，这些事情都不可能发生。

她的朋友圈，上自大管家下至底层仆妇，一张网大大的，消息四面灵通。这不是人缘，是她的生存能力。怪不得芳官骂她"赵不死"。芳官，你别不服。王夫人一句话就开了你，赵不死惹是生非多年，犹能安然无恙。

是不是按这个逻辑，赵姨娘就可以翻案了？

不是，赵姨娘还是很不堪。

为什么？

第60回，赵姨娘一头火冲进怡红院，“走上来便将粉照着芳官脸上撒来”，指着芳官破口大骂：“小淫妇……不过娼妇粉头之流！我家里下三等奴才也比你高贵些的，你都会看人下菜碟儿……”

赵姨娘原来是这样抖一抖威风的，这腔调这做法是泼妇骂街，净出丑了。拿探春的说法是“做出来的事总叫人不敬服”。难怪芳官讽刺她“梅香拜把子——都是奴几”，的确没有主子相。

第55回，赵姨娘的兄弟赵国基死了赏银二十两，袭人的妈没了赏银四十两。赵姨娘立马不舒坦了跑来闹。她“一面说，一面眼泪鼻涕哭起来”，她的想法是：“太太疼你，你越发拉扯拉扯我们。”“你多给了二三十两银子，难道太太就不依你？”

典型的奴才逻辑，穷人心理。

赵姨娘还是贪小利爱占小便宜想法简单的妇人。

所以曹公称她为“愚妾”。

探春气急了说，“谁家姑娘们拉扯奴才了？”“那一个主子不疼出力得用的人？”这对母女完全站到了不同的阶层。一个是主子姑娘，尊贵沉稳；一个还是奴仆，乖张粗劣。

奴才的思路，奴才的姿态，奴才的手法。

赵二奶奶这辈子是甭指望了。

但是，一身奴性的赵姨娘还是强韧地活下来了。

第55回里还有个人物，吴新登家的。这个办事老到的管家奶奶为什么不把旧例给探春看，而是一言不发误导探春先赏了四十两银子，心里很清楚的她忙接了对牌就想走。如果不是和赵姨娘有私聊，如果不是存心看主子笑话，如果是凤姐面前她便殷勤出主意省银子讨好了。婆子的心机啊。

有点吃惊，似乎整个贾府的仆妇们结成了一张大网，她们站在赵姨娘的背后，有时推她一把，有时助她一力，她们都是没脸的，但同样没脸面的赵姨娘却可以先冲出去吼一嗓子。多有序的配合，多汹涌的暗潮。豪门体系到了末代，也是自己作死。凤姐也好，探春也好，再精明也挡不住这股子隐形的越来越强大的涡流。呵呵，就差冲锋的号角声吹响了。

负能量爆棚的赵姨娘，背后站着所有的婆子们。

姑娘们终消失了，活下来的是婆子。

活下来是重要的……

岫烟：如此藏得住的秀色

漂亮有什么用呢？尤其是穷人家的女孩子，若是长得漂亮，就像是随身带着财宝，行走间更是多一层危险的。像《红楼梦》里的穷姑娘，尤二姐尤三姐、李纹李绮、邢岫烟等，容貌品性个个出挑，因为家道中落，托赖着亲戚的情分暂居宁荣二府，主子不像主子，丫头不像丫头。想要清闲度日，混个好归宿，哪里容易。看看尤二姐吞金自尽，尤三姐拔剑自刎，真应了"红颜命薄"的老话。冷眼旁观，却有个不一般的，非但如闲云野鹤一般，还悄然赢得个好夫婿。岂非大有意趣？

第49回，宝琴、岫烟、李纹李绮一起上场。宝玉看了后大大地夸赞了宝琴和李纹李绮，唯独没有赞岫烟。难道岫烟貌不如人？

作为一起出场的贾府外戚，岫烟虽为邢夫人嫡亲侄女，可惜邢家早已声名败落。而李宫裁母家和薛家则依旧有人撑着。相比之下，邢岫烟此刻出场自然被各种忽略，世情如此，即便宝玉也不例外。只有心无分别的晴雯去看了，才会说一句："倒象一把子四根水葱儿。"时间长了，岫烟的美丽娴静才会被人渐渐认知。

"凤姐儿冷眼战敠岫烟心性为人，竟不象邢夫人及他的父母一样，却是温厚可疼的人。"

第一个给岫烟点赞的是凤姐。

一座荣国府，两处是非地。贾赦这边妻妾成群，淫威之下邢夫人除了顺从、一味敛财，余者不论亲疏概不管不信，几乎是个死气沉沉的地方。女孩子到了这里，简直成了待宰的羔羊。不说爷们，上上下下皆难应付。邢岫烟统共二两的例银，先要分出一两例银给父母，可见家境之窘迫。剩下的一两还要时常拿出钱来打点丫头婆子。这还不够，没钱了就只能把衣服当了换银子。岫烟虽穷，倒不是穷人的心理，越穷越省，越穷越吝啬。她是穷家大气派，反而是让人心存怜爱、心有愧疚的。连八面玲珑的凤姐也留心看了个把月，因此比别的妹妹多疼她些。以凤姐的为人，那些个打秋风的穷亲戚哪里在她眼里，她更不会乱施恩，能得她另眼相待，岫烟的心性为人是有过人之处的。

穷了，索性坦坦荡荡，比不得藏头缩尾更让人嫌弃。心态健康的女孩落到哪里都不会轻易遭人轻薄。

第二个看中她的是薛姨妈。

“薛姨妈看见邢岫烟生得端雅稳重，且家道贫寒，是个钗荆裙布的女儿。忽想起薛蝌未娶，看他二人恰是一对天生地设的夫妻。”

薛姨妈也是个富贵乡里过来的女人。“端雅稳重”有时是豪门千金最缺乏的，那些个骄奢狂妄的富二妞们一看就是暴发户，跟有教养的贵族根本两码事。这也就是贾府选媳妇的标准之一，“不管家世根基如何，只要模样性格配的上就好。”这是贾母的原话，富贵人家的经验之谈。真正的豪门见多识广，最懂得高处不胜寒的道理。荆钗布裙的岫烟，恰恰有的是朱门绣户的禀赋，穷不过是出身，难得的是修养。有钱的薛姨妈自然是看中后者的。

何况，邢岫烟的端雅稳重是大家有目共睹的。

“昨儿那么大雪，人人都是有的，不是猩猩毡就是羽缎羽纱的，十来件大红衣裳，映着大雪好不齐整。就只他穿着那件旧毡斗篷，越发显的拱肩缩背，好不可怜见的。”

这里面“旧毡斗篷”的邢岫烟，一般人看来是“相形见绌”，会觉得岫烟有些不知趣，都是富贵人家的小姐，她衣衫单薄夹在里面岂非臊得慌。岫烟则很坦然，她和姊妹们站在一起，并无不妥。“拱肩缩背”指的是旁边的“猩猩毡羽缎羽纱”都是宽厚大毛，高肩立领的。是衣服的落差，而不是气韵的区别。她若是自惭形秽，大可不出现。邢家根基最浅，谁都知道，她没必要掩人耳目。一味自甘下贱不敢抛头露面，反倒是轻薄造作，惹人耻笑。大雪里齐齐一站，邢夫人的苛刻和冷漠，她的处境，如此一来，倒是大大方方都落在了众人眼里。结果，连薛姨妈都留了意。宝钗更是个四面不漏风的，与岫烟一交谈，是窘是苦如实倾诉，不责怪不牵连，大家都能理解。落落大方，不卑不亢，赢得多少爱怜。

荆钗布裙的岫烟的雅重大方，是经过富贵场的历练的。

你若是骨子里穷缩，又如何能稳得住呢？

接下来是芦雪庵联诗，大观园人最齐最热闹的一次诗会。其间宝琴、黛玉、宝钗大战湘云。众人不亦乐乎，岫烟只按顺序接了一句："冻浦不闻潮，易挂疏枝柳。"任你们才情如潮涌，我作冰叹，不起一丝涟漪，非常的镇定。后来黛玉她们四个闹完了，才想到新来的姐妹联少了，便请她们各自再做一首。岫烟写了出来："桃未芳菲杏未红，冲寒先已笑东风……看来岂是寻常色，浓淡由他冰雪中。"芳菲是大观园里几个家世才貌都了得的佼佼者，"杏未红"是她自己了，"冲寒先已笑东风"是身处贫寒而春意萦怀，一个笑字浅淡从容，全无颓丧之气。"看来岂是寻常色，浓淡由他冰雪中"，更是自信而充满内在的张力。

岫烟之才，只一诗一联，不显山不露水。若也像湘云那般拼了命的玩闹，岂非不识趣。才貌可以相当，人可是有三六九等的。岫烟就是看得懂自己的身份，不会忘了世情瞎抢什么风头。这就是成熟。

这样的美人，最后一个才了悟的是宝玉。

宝玉要回帖给妙玉，不知如何措辞，恰巧遇见岫烟。岫烟说："我和他又是贫贱之交，又有半师之分。如今又天缘凑合，我们得遇，旧情竟未易，承他青目，更胜当日。"宝玉听了，恍如焦雷一般。"怪道姐姐举止言谈，超然如野鹤闲云。"这里既交代了岫烟的教养原来出自妙玉，也塑造出一个才情非凡的岫烟，其实是另一个积极入世的妙玉吧。

她建议宝玉用"槛内人"回帖妙玉之"槛外人"，何等简便妥帖。黛玉、宝钗也未必有如此见解。一心避世的妙玉培养出了一个通晓人世的岫烟，妙玉无憾矣。

以岫烟的才貌，宝玉初见她都不知如何表述，比之于轻云出岫，竹烟波月，更胜一筹。可见山外有山，人外有人。心性为人到岫烟这般，也是一种大智慧。有貌不娇，有才不傲，如此藏得住的秀色，贫寒之家奈何不了她，高门绣户更是压得住阵脚。

探春的锐气

如果不是被宝黛抢了镜头，探春的出场也是极有光彩的，又是“俊眼修眉、顾盼神飞”，又是“文采精华，见之忘俗”，单凭那份眼睛里的神韵和落落大方的体态就足以显出她的与众不同。

一、探春身上为什么没有一点赵姨娘的影子?

因为赵姨娘，探春出生就是半手烂牌。加上赵姨娘的确愚钝昏聩得不像话，半手几乎变成全手。探春是够难的。她的天资也不算最好的，但她在荣府这个复杂的家庭中长大，从小察言观色审时度势，几乎全盘接受了贾母和王夫人的教养，逐渐地不动声色把一手烂牌一张张扔了，重新给自己换了一副牌。虽然那点子血脉联系断不了，但在精神上和赵姨娘完全疏离了。

她的生存逻辑是什么？

一是，“什么偏的庶的，我不知道。”

二是，“我只管认得老爷，太太两个人。别人我一概不管。”

就是这样以一个小女孩的娇蛮堵住了众人的嘴，也瓦解了自己心理上的负担，轻松自在地坐在了千金小姐的位置上。探春的个性其实蛮像赵姨娘，都有一股子你压我弹的劲儿。但赵姨娘越反抗越掉价，这个女人就是不知道尊严在哪里。探春对她是彻底失望的，与其说探春无情无义不认亲娘，不如说探春以王夫人为尊是奔着有关的所在的。

这里还有一个更重要的原因，是探春对等级阶层的完全认可。

赵姨娘是什么身份，芳官一针见血：“梅香拜把子——都是奴几。”探春是庶出，但在血统上却比赵姨娘贵重，算得上是名正言顺的小姐。探春多次在众人面前表明自己的态度，那就是主子和奴才的区别。

探春理家时，听见身边的丫鬟命外头的媳妇去把宝姑娘的饭端来一起吃，她立马高声说道：“你别混支使人！那都是办大事的管家娘子们，你们支使他要饭要茶的，连个高低都不知道！平儿这里站着，你叫叫去。”这里面的等级管理多严格。

在贾府错综复杂的人际关系在太多有脸面的媳妇奴仆面前，还有一层最本质的阶层和上下级关系。这一点探春理得最清，也是她自我保护的关键理论基础。

庶出的困局有多难解，探春是个奇才。

二、发起诗社的为什么是才质平平的探春？

论诗，探春自然是不如薛林二人的，但发花笺起诗社这么风雅的事就这么经她一提，一呼百应地兴起来了。没有诗社的大观园也没有那么精彩那么热闹，也没有那么多美好的回忆。探春的这个主意太应景太及时。

探春其实是有准备的。

先看她的闺房：探春素喜阔朗，三间屋子不曾隔断。一张花梨大理石大案，各种名人法帖，数十方宝砚，笔海内插的笔如树林一般。斗大的汝窑花囊，插着满满的一囊水晶球儿的白菊。西墙上挂着一大幅米襄阳的《烟雨图》，以及颜鲁公的墨迹。案上设着大鼎，左边紫檀架上放着大观窑的大盘，盘内盛着数十个娇黄玲珑大佛手。右边洋漆架上悬着一个白玉比目磬，旁边挂着小锤。

这布局简直就是个大学士。

探春，这方面有点像父亲贾政，素爱风雅。但她其实很少有文人习气，她的个性与那些“烟霞闲骨格，泉石野生涯”的寒士品味也相差很远。宝玉给她送荔枝，还特意嘱咐要用缠丝白玛瑙碟子装了去，探春见了果然喜欢，连盘子一块留下了。可见生活精致讲究。另外她给宝玉做的鞋子连贾政看了也不受用，直批“虚耗人力、作践绫罗”，那有多繁丽奢华。

说起她给宝玉做鞋子，下那样大的功夫，忽然明白了，探春也是非常用力的。如同她知道宝玉穿戴上十分讲究于是便给他做鞋子，她也知道薛林宝玉都有才于是就在大观园创办了一场场诗词大会，她积极主动地去参与并融入大观园的文化氛围内，也给自己赢得了一席之地。在大观园寻求存在感是件很难的事，探春也做到了。

三、探春做得最漂亮的一件事是什么？

探春做得最漂亮的事不是办诗词大会，而是赢得王夫人的信任。

在她的成长中，她一直在努力靠近一个人。

那就是王夫人。

探春要赢得贾母的疼爱相对比较简单，端庄得体漂亮有这些就够了。但王夫人性情冷漠杀伐果断又少情趣，又素习厌恶赵姨娘和贾环，探春是赵姨娘亲生，这层关系根本没有机会。即便她再安分懂事，也很难赢得王夫人的欢心。但是世上无难事只怕有心人！

众所周知的第46回，贾母因鸳鸯之事迁怒于王夫人，是探春有心，想王夫人虽有委屈，如何敢辩；薛姨妈也是亲姊妹，自然也不好辩的。宝钗也不便为姨母辩，李纨、凤姐、宝玉一概不敢辩。这正用着女孩儿之时，迎春老实，惜春小，因此探春窗外听了一听，便走进来陪笑向贾母道："这事与太太什么相干？老太太想一想，也有大伯子要收屋里的人，小婶子如何知道？"一场婆媳间一触即发的芥蒂就这么轻松化解了，王夫人焉有不感激的。再看探春内心一番分析，内在的人情世故见识作为种种都不是急智，而是多年在大家族中磨炼出来的。

王夫人即便铁石心肠也倏然融化了。之后探春一度代为理家，完全为王夫人信任，几乎称得上华丽转身了。

四、探春远嫁是一场悲剧吗？

探春是个有心人，她在各方面努力培养自己，以求更好的生存环境和未来。就在她日渐理顺的时候，大观园的末日来临，大抄检的夜晚王善保家的一个不经意的动作直接引爆了她，她为了摆脱庶出的影子努力达成的一切被一个已经不得脸的陪房大娘轻轻拉回原地。那猝不及防的一记耳光想见探春心里的恨和火郁积了多少。“我但凡有气性，早一头碰死了！不然岂许奴才来我身上翻贼赃了。”

探春终于把她的心里话说出来了。她受的委屈吃的苦全都埋在肚子里了。

她一出生就得与庶出斗，但庶出的命运从来没有放过她。

“清明涕送江边望，千里东风一梦遥。”

探春远嫁，也是和亲、永别。

生活就是这样，完成了一系列精彩的表现之后，她的人生再次出现重大的转折。

出来见南安太妃的有宝黛和探春，在贾母等当权者的天平上，她永远差了那么一点分量。她忠爱的贾府，她一心一意为家族复兴殚精竭虑出谋划策，这样一个赤诚的女儿最后却被贾府整个地作为权益场上的筹码交出去了。庶出不是她的错，她却为此扛了一辈子。

秋爽斋，她何时爽过啊？

一个去不掉的烙印，一场永无消解的秋怨。

她是收获了王夫人的信任、贾母的疼爱、众姐妹的尊重，但最后还是归于一场大消亡。

“一帆风雨路三千，把骨肉家园齐来抛闪。恐哭损残年，告爹娘，休把儿悬念。自古穷通皆有定，离合岂无缘。从今分两地，各自保平安。奴去也，莫牵连。”红友叶广彬评价：包含了人生中太多的感情。

不过，悉数理完探春几个重要的细节，我并不为探春叹息。探春最漂亮的就是她身上的锐气，贾府缺得力的男儿，更缺的也是她身上的这份锐气。探春是最清醒的，也是最努力的，甚至期望自己能像个男儿那样走出去。这不就是她的志向吗？远嫁，就是她的新生活扬帆起航之时。

失去整个贾府又如何，她有的是一身锐气，满腹才干。

此行远嫁三万里，一剑光寒十九洲。

剑气一开，又是半个江湖。

一部《红楼》看得悲悲戚戚，只有探春是一道剑光，刺破了贾府所有的迷障，光彩熠熠如彩凤展翅襟飘带舞飞出去了，多好，多美。

好啃鸡骨头的富家女

满城桂花飘香的时节，楼下的保洁阿姨说了一句，“闻多了头晕”。

忽然想起那个夏金桂来。

一部《红楼》，满纸风雅，唯两个女人两个场景遁入市井，一个是秋桐吃饱喝足倚在门槛上剔牙，一个是夏金桂不撒泼时最爱啃鸡骨头下酒。

你想象不出黛玉啃鸡骨头吧。

这就分出富家女有两种。

一种是黛玉型的，一种是夏金桂式的。

一种爱迎风洒泪，一种好啃鸡骨头。

夏金桂还有一个地方非常有特点。

第 80 回她与香菱闲谈，说起取名之事，冷笑道，“菱角花谁闻见香来着?”她竟然不知菱角花香!知与不知，瞬间又把女人分成两个物种了。

香菱是知乎一族:“不独菱角花，就连荷叶莲蓬，都是有一股清香的。但他那原不是花香可比，若静日静夜或清早半夜细领略了去，那一股香是比花儿都好闻呢。就连菱角、鸡头、苇叶、芦根得了风露，那一股清香，就令人心神爽快的。”

真亏了夏金桂出身皇商世家，富养至只知“兰花桂花之香”，其他一概不通，可见比薛蟠还要不学无术。只因“桂花夏家”名声显赫，便自以为天下独大，这般“井边鲜花”委实可观。所以曹公形容她“竟酿成个盗跖的性气”。“盗跖”是指盗魁，这姑娘竟养成个强盗脾气，一般人就成了笑话，可她仰赖祖宗荫德，真成气候了。

否则她怎么会嫁进薛家?

薛姨妈为啥舍邢岫烟而取夏金桂?

邢岫烟之人品才貌为人超然如闲云野鹤，在红楼女儿中十分出彩。薛姨妈也是一眼看中的，但奇怪的是她为啥把这么稳重端雅的姑娘许给薛蝌，而不是自己的亲儿子薛蟠?

细看:

一、夏金桂嫁给薛蟠是薛姨妈千挑万选的结果。

第 79 回:宝玉遇到香菱，香菱正急急忙忙去找凤姐“为你哥哥娶嫂子的事，所以要紧”。宝玉道:“正是。说的到底是那一家的？只听见吵嚷了这半年，今儿又说张家的好，明儿又要李家的，后儿又议论王家的。这些人家的女儿他也不知道造了什么罪了，叫人家好端端议论。”

薛蟠娶亲，薛姨妈与王夫人凤姐宝钗商议了有半年之久了。涉及夏家张家李家王家，左右权衡比对再三最后才定下夏家，称得上是深思熟虑的。

香菱还说，“只是娶的日子太急，所以我们忙乱的很。”

对比同一回孙绍祖娶贾迎春也同样急急了事，为什么？贾赦欠人家的银子急等着这场婚姻来一笔勾销。那么薛家生意上或许也有什么烦难事需要用喜事快快了结？薛家的很多不得已和无奈都在这些细节里。

其次，薛姨妈为啥选中夏家？

香菱对宝玉夸耀：“本姓夏，非常的富贵。其余田地不用说，单有几十顷地独种桂花，凡这长安城里城外桂花局俱是他家的，连宫里一应陈设盆景亦是他家贡奉。”

一顷等于五十亩，几十顷就是几千亩田地。还只单种桂花。又和宫里往来频繁，还不算其他田地。钱财有多少不好说，但手里有多少田地是可以打听清楚的。可见夏家当时的气象远胜于薛家。夏家富贵是其次，下面一句更重要：“只有老奶奶带着一个亲生的姑娘过活，也并没有哥儿兄弟，可惜他竟一门尽绝了。”

这独生女到了这时节更金贵了。若有个兄弟在，也顶多是一份嫁妆可观，其他再富有又与她何干。这或许是王夫人薛姨妈拍板定论的关键原因。

而夏家看上薛蟠，同样薛蟠也是独根孤种，没有亲兄弟可以瓜分。两家都是表面上兴兴轰轰，但人丁不旺，气数殆尽。略有闪失就会一蹶不振。如此两家联姻，利弊互补资产合并资源整合，堪称圆满。

对于日薄西山的薛家，薛姨妈和王夫人凤姐乃至宝钗共同作出了一个具有战略意义的重大决策。

这场婚姻事关两大濒临败落的世家豪门，也正所谓门当户对，郎才女貌，完全符合社会规则和婚姻逻辑。

而空有一个姓氏的邢岫烟，在这么一大笔资产引流面前，她再知书达理也比不上夏金桂财色双全百利而无一害了。

这样的门当户对，两家起初自然心满意足，十分称心。闻不到菱角香的金桂花更是一路养护得道。开花时节满城肆意尽情绽放，香甜如蜜无人不爱。哪里知道只一两天盛放期就渐渐飘零，迅速失去依傍，落土为泥。一切如同彼岸烟花镜中水月，且隐含了一出惹祸上身的闹剧，非常黑色幽默。

夏金桂是那一等富贵中人不知有钱的苦，一路作死，无底线，无基本行为准则，每天杀鸡宰鹅，鸡骨头啃得有滋有味，兼斗牌掷骰取乐。丫头随意打骂，小姑屡屡挑衅，婆婆敢顶撞，夫君敢背叛，闹得家反宅乱还可凭母家财势护佑，薛家有苦也说不出，到头来是连薛蟠也不理她。她的结局如红学家张先生所断，空闺寂寞，红杏出墙。唯有这个事端，薛蟠才能发狠休了她，薛家才能摆脱她。但夏家不肯罢休，夏金桂蠢到头了抖出薛蟠命案一事，被仇家拿住把柄，薛蟠被发配，不知所终。这个结局是非常现实的。

也许夏金桂的晚景十分凄惨。所有的乖张嚣利蛮横狂妄都要在日复一日的悔恨和苦水里重温一遍又一遍，这才对应了她自诩的"桂花又叫嫦娥花"，月宫幽冷，深闺晦暗，百年无尽头。

也许她还是可以啃着鸡骨头下酒守着薄产度日。如同中山狼孙绍祖再换一手牌继续作孽。只要想活下去，她绝不会失却啃鸡骨头的快乐。这恐怕是曹公也没有想到的吧。

贰

《诗经》赏

那会儿，天真如饥似渴，怎样艰深拗口的诗都可以拿来就读。而《诗经》因为独特的韵味和太过久远的历史，拿起它，就像用手抚摸一件千年前的古物一样，还等不及叹息它的美，那种异常鲜明的时间刻度把你从现世瞬间调转到另一个空间。古音雅乐一旦响起，脚下的红尘潮汐般退去。你就像在另一个星球上的小王子面对他的玫瑰一样，凝望、倾听、对话，没有杂念，没有干扰，只有静谧深处通灵的快乐。你能找到那种彻底的清幽，还会发现很多有趣的现象，如同世人面对《蒙娜丽莎的微笑》众说纷纭莫衷一是，你也像脱缰野马不系之舟，于阡陌原野灵河岸边徜徉其间畅所欲言。冥冥中不知哪位先人的魂魄在引领我，它是我日常生活中最初镇邪驱鬼的定海神针。

氓：弃妇还是休夫

《诗经·卫风》中有首《氓》，很有名。

我把她的故事展开了细细看，大概可以分五个阶段：

一、恋爱

氓之蚩蚩，抱布贸丝。匪来贸丝，来即我谋。

那年初夏，他来到我家。那只葛布文锦的钱袋子沉沉地掂在手里，他一进来，满脸堆笑着说来买布的，眼睛却东张西望地四处找我。我悄悄地躲在纱帘背后，和他一样的又兴奋又害羞。那会儿，我们都很年少。不要说他无知，我也是很傻的。他说，周礼繁琐，我尚年幼，父母必会挑三拣四，索要彩礼。不如，悄悄地跟他一走了之，以免相思之苦。那天就是我们约定的日子，他名为买布，其实是要带我私自出走的。

匪我愆期，子无良媒。将子无怒，秋以为期。

他要和我私奔，我一时脑热也就答应了。但是，静下来想想，他是一个普通的平民，我家虽然衣食无忧，也只是个下等的商户，算得上门当户对。为什么不能明媒正娶呢？不如让他禀明父母，请媒问吉，堂堂正正把我娶过门，不是更好吗？想到这里，我引他来到后院，细细地把想法都告诉了他。他一听我不跟他走了，也不分青红皂白，蹬鼻子上脸，扭头就走。我急得一把拉住他："氓，你不要生气啊。你回家请父母纳彩，问吉，请媒。到了秋天枫叶红了的时候，你就可以来迎娶我了。我会天天……等着你的。"慢慢的，他才平息下来。我把他一直送到路口，看着他渐行渐远，消失在城墙的尽头，才依依不舍地回到家中。

二、迎娶

乘彼垝垣，以望复关。不见复关，泣涕涟涟。
既见复关，载笑载言。尔卜尔筮，体无咎言。

以尔车来，以我贿迁。

“一日不见，如隔三秋。”那段日子，每天都有点魂不守舍的，既甜蜜又痛苦。我至今还记得，初秋一到，我就跑上城墙，爬到那段塌陷的城垛口，痴痴地望着卫城的第二道城关。人来人往，却总不见他的身影，我随着漫天的夕阳黯然离去的时候，眼睛都哭红了。终于有一天，他骑着马，后面跟着彩袖招展的马车来了。我又惊又喜，飞一般地跑回了家里。他向家父禀明，占卜问筮，卦兆吉祥。虽然不见多少聘礼，但父母怜我痴心一片，给了不少嫁妆，送我上了他的车。我就这样跟他走了。

三、婚后

桑之未落，其叶沃若。于嗟鸠兮，无食桑葚。
于嗟女兮，无与士耽。士之耽兮，犹可说也。
女之耽兮，不可说也。

“美女妖且闲，采桑歧路间。柔条纷冉冉，落叶何翩翩。”那年，我只有十六，青葱岁月，无限美好。情窦初开，如胶似漆。初恋的时光，又是那样的醉人。哪里晓得后来的平淡与清冷呢。年轻的女孩们，你们千万不要像树上的山雀那般，贪恋甜蜜的桑葚，吃多了就会醉的，昏头转向的不知所终。也不要相信男人说的那些甜蜜的誓言，男人呢，说过了就过了，做完了就完了。女人呢，却依旧沉浸在爱的幻梦里，很难摆脱出来。

四、归家

桑之落矣，其黄而陨。自我徂尔，三岁食贫。
淇水汤汤，渐车帷裳。女也不爽，士贰其行。
士也罔极，二三其德。
三岁为妇，靡室劳矣。夙兴夜寐，靡有朝矣。
言既遂矣，至于暴矣。兄弟不知，咥其笑矣。
静言思之，躬自悼矣。

桑之黄落，容色凋谢。他家里的情形原来如此清苦，不过，我从来没有怨言，和心爱的人在一起，不管怎样都是幸福的。然而，婚后的生活，彻底粉碎了我天真幼稚的心。这些年，我从早到晚里里外外辛苦操持，没有一点偷懒，没有一天抱怨。日子艰辛并不能摧垮我的心意，你的所作所为才真的让我伤透了心。平庸、无能、懦弱皆可原谅，三心二意，见异思迁、脾气暴躁，才是婚姻的大忌。我几次劝说与你，你居然恼羞成怒，对我大打出手。这日子是过到头了。

淇水潺潺，打湿了车幔，哭瞎了双眼。我独自一人黯然回到娘家，兄弟们不问缘故，讥我狼狈见弃徒留笑柄。我无言以对，无人倾诉，只能含悲忍痛，独自一人默默哀悼，这半世的孽缘。

五、断离

及尔偕老，老使我怨。淇则有岸，隰则有泮。

总角之宴，言笑晏晏。信誓旦旦，不思其反。

反是不思，亦已焉哉。

你我从小相识，原也是青梅竹马。那年家宴，你十六，新束发髻、眉清目秀、笑意盈盈。你说“有美一人，与子偕老”，我心荡然，总以为，总角之交，白首不相离。从没想到多年夫妻终成怨偶。淇水再宽自有岸，沼泽再大也有边。凡事皆有尽数。事已至此，缘已穷尽。我不会再为你辗转反思，不会再为你付出所有，不会再为你自欺欺人。我虽弱质，尚有理智。我虽色衰，尚能自立。我虽孤寂，且能自爱。今天，我的梦醒了。醒来的每一步，步步都在塌陷中，但我还是咬着牙，走出了这第一步。

这首《氓》，赠予你，朱弦断、明镜缺。朝露晞，芳时歇。白头吟，伤离别。锦水汤汤，与君长诀！

赠予淇水两岸的女子：爱来的时候，是一阵狂风。你要小心护住自己。爱走的时候，是最静的海，你要像月光一样透明。

故事没有完……

一千多年后，朱熹重读《氓》：此淫妇为人所弃，而自叙其事以道其悔恨之意。

朱熹见情便是淫，“淫妇说”是他的首创。但他的矛头实际上是借“淫妇”对准天下士子的“盖一失其身，人所贱恶。士君子立身，一败而万事瓦裂者，何以异此”。夫子的深意，可惜后人不爱听。

但是弃妇之说，因此根植。千百年来以讹传讹，人云亦云。

这首诗细细看来，这段姻缘破裂的根本原因，是“女也不爽，士贰其行”，直接的导火线是“至于暴矣”。

“三岁食贫”，婚后的贫穷生活或许是这个女子追求自由恋爱的代价。但氓这个小子，脾气暴躁，动手打人。品行不端，三心二意，是这个有主见有胆识的坚强女子所无法容忍的。

女子一气之下回到母家，“静言思之，躬自悼矣。”从头开始回味两人从相识、相恋、结亲到分手的全过程。“将子无怒，秋以为期”这句话，充满了小女子的娇羞可人之态，后人称之为最美的情话之一。同时，她也自我反省“士之耽兮，犹可说也。女之耽兮，不可说也”，把自己陷入感情泥沼中的深深痛苦，昭示后人。又从“淇则有岸，隰则有泮”中悟了出来。忍耐已经到了极限，爱的幻梦从此消失。最后从“反是不思，亦已焉哉”中恩断义绝，理智而平静地了结了这段婚姻。

整首诗，前情款款，爱意绵绵。嫁亦欢愉，别亦决绝。长调慢词，娓娓道来。不见弃妇的卑微与绝望，只有诀别时的果敢与冷静。

我只想说，她，很深情、很平静，离得也很果断，很爽！

《氓》，如同一简休书，写的是一位女子休夫的心路历程，其人其事可敬可佩！

后来人云亦云什么“弃妇悔词”，曲解诗意算小，看不到两千多年前女子的胆识和勇气，才是更可悲的。

弃妇，这个词，压了女人们一千多年。弃妇，还是休夫，一念之差，一生有别！

《曹风》：人生再短，爱情也要完整

为什么读《诗经》，因为这里人少，足够安静。那份静谧，会痴迷，会上瘾。

看曹国历史，小有趣味：

第一，重耳落难时，躲到曹国避难，被曹共公取笑捉弄。后来重耳回国即位，史称晋文公，那可不是吃素的，逮着机会把曹共公抓走并关起来。一国之君立马成为阶下囚，且毫无还手之力。你说这曹国国君可算是有眼无珠、欺软怕硬的范例。

其次，曹国556年的历史，先后有26位国君执政，曹共公这样无能的国君居然在位35年，这样的长命，这样长的无能。

第三，太史公说，曹废公“好田弋”，曹共公“乘轩者三百人”。祖辈大肆享乐，子孙专喜射猎。遥想曹国当年，山林旷野间，一片珠冠锦带，环佩叮当。个个英姿飒爽，风神飘逸。已然四面楚歌的曹国恍若盛世，这样一干君臣必定性情呆萌，善与鸟兽争，好采自然风。不过，虽然别无建树，诗也写得不错。《曹风》中有四首可圈可点。

一、空灵之美

《蜉蝣》为四首之最。

“蜉蝣之羽，衣裳楚楚。蜉蝣之翼，麻衣如雪。”简洁，至美。

通首诗我念念不忘这几句。眼前是蜉蝣飞舞，嫩柳拂水，阳光跃金，轻云舒卷。曹国的诗人了得，一千多年前，第一个发现蜉蝣这种小飞虫，第一个细赏它的翅羽在阳光下微微颤动，第一个记录下它的美。

“蜉蝣之羽”，撇过其他，直书羽翼。不铺垫，不面面俱到。所谓惜墨如金，原本只写最心动处。“衣裳楚楚”，“采采衣服”，落于掌间的小飞虫被赋予人的情感，她体态轻盈、衣着光鲜。“麻衣如雪”又将通身雪白的蜉蝣比得超凡脱俗，恍若天外飞仙。短短几个字，文笔洗练，至今赏读如新。

初时不知蜉蝣为何物，查之得：蜉蝣，翅有两对，呈三角形，脆弱，膜质，多为前翅大，后翅小，休息时竖立在身体背面。翅脉最为原始，多纵脉和横脉，成网状。翅的表面呈折扇状。

蓦然同时看到这两段文字，颇有感性与理性视觉效果下浑然不同的两种生物。

当然，更有高人，将感性和理性融合在一起的：

“蜉蝣，水虫也，状似蚕蛾，朝生暮死。”

这句话出自李时珍的《本草纲目》。寥寥几笔，有定义，有比喻，写出生存环境，样貌特征，涵盖一生长短。可谓句句写实，字字珠玑，意正词雅之范文。果然是划时代的一位医学家，兼具诗人之性灵与文学大家的水准。

二、朝生暮死

相比于“蜉蝣之羽，麻衣如雪”的空灵之美，蜉蝣“朝生暮死”的现实，更让人感慨不已。

所以《曹风》一再回环反复“心之忧矣，于我归处”，曹人从蜉蝣美丽而短暂的生命中看到自身命运的不可控，充满弱国在夹缝中求生存的悲凉之意。总之，从这里起，蜉蝣以“柔弱而美丽、生命短暂、稍纵即逝”等意象成为历代文人墨客的心爱之物。如苏轼的“寄蜉蝣于天地，渺沧海之一粟”，五月天的“大时代你我都是蜉蝣”……即便是“劝君惜取少年时”这样励志的主题，叙述中也往往带一点忧伤的情绪。

有时，文学也误人。太感性往往自伤。

其实，蜉蝣的成虫虽然只有几个小时的生命，但其间它要经过两次蜕壳，练习飞翔，恋爱、交尾、产卵，非常忙碌。生命过程短暂，但十分充实。另有生物学家解释，成年的雄性蜉蝣会在一天的黄昏时分，成群飞舞起来，雌性蜉蝣则随性飞入，完成交配。而后，覆水而亡。

原来这只是浓缩的生命而已。既然短暂，便没有时间叹气，没有空闲无聊。这蜉蝣界也不会生产肥皂剧了，也没有利益冲突了。剩下的是蜕壳、恋爱、产子。生命的高潮便是群体的婚飞。当夕阳西下，雄性蜉蝣们在天际翩跹，羽翼翻飞，雄姿英发，伴随着一声声深情呼唤。雌性蜉蝣们一个个循声而至，翩翩共舞……试想，这一场集体的“龙飞凤舞”是怎样的婀娜多姿，壮美绝伦。而当一切归于沉寂，雄性蜉蝣落于水面，随水而逝的时候，又是怎样的震人心弦，悲喜交加。

匈牙利记录过这样的奇观：多瑙河沿岸突然聚集数百万只蜉蝣飞虫，弥漫在空气中，或是粘在行人脸上，或是爬满车身。第二天清晨，只见地面上布满雄性蜉蝣飞虫的尸体。过往行人无不震惊。

原来人生再短，爱情也是完整的。

“朝生暮死”并不遗憾，蜉蝣之爱，惊心动魄。

所以，不如改而唱之：

蜉蝣之羽，衣裳楚楚。心之乐矣，比翼双飞。

蜉蝣之翼，采采衣服。心之乐矣，为爱而生。

蜉蝣之舞，麻衣如雪。心之乐矣，为爱而逝。

邂逅之美，如露亦如电

一川烟草，满城风絮，梅子黄时雨。

盛夏，听一夜风雨，满城恐慌。早起，看窗外白雾腾腾，烟笼纱围。这时，听到台风尼伯特忘记了登录密码，在海岸口恨恨地对峙了两天，终于悻悻然改了道，走了。

谁说娱乐时代不好，幽默得这么贴心。

大雨止歇，小雨乍醒。像是小孩子被大人们拘久了，这会偷跑出来，看见天池的水满了，他们扑进去，跳出来，泼泼洒洒，嘻嘻哈哈。水花一蓬蓬地飞落下来，每一朵都听到了绽放的信息，他们全都勃发了，一瞬间，弥漫了整个天空。

早行的人，被孩子们的快乐团团围住，这时，他和她的心也都是纯净的。

“野有蔓草，零露溥兮。”

草叶上，沾满了露珠，一个，两个，三五个，风一吹，撞到了一起，你中有我，我中有你，魔法乱套了。有一个落下来，蹦到了手心里，圆圆的大眼睛里掠过彩虹的光芒，然后，一眨眼，噗……抬起头，听见她在空中笑，“一个傻小子……”

“有美一人，清扬婉兮。”

美人，我就喜欢你那双水汪汪的大眼睛。一眨一眨的，你也是从天池里落下来的吗？你也是人间万千分之一的精灵吗？

“邂逅相遇，适我愿兮。”

“巧笑倩兮，美目盼兮。”你多俏皮啊，多任性啊，从天上到人间，那么远的路，不早不晚，不前不后，恰好，路过，遇见你。像是等了很久，又错过很久。

“邂逅相遇，与子偕臧。”

人生最美，莫过于，你看了我一眼，我爱了你一世。

“噗”的一声，你笑了，你走了。我又惊又喜，天上人间，我们相遇了。只有一秒，我已经知足，永远不会忘怀。记忆，是个美妙的延续，它会在我的许许多多不如意的时节，“噗”一声，别人听不见，但你在我心里笑得好大声。我见过你，那么美。那么俏皮，那么灵动。

“有美一人，婉如清扬。”美人，我以后遇见的每一个女子，都叫清扬。不是因为她们像你，而是因为再也见不到你。这样的相遇，这样的相望，人生，只有一次。

只一眼，我们就不得不分开，永不相见。

只一眼，我们就彼此深爱着，永不相忘。

你笑着来的，我哭着走的。因为眼泪是圆的，我把你带在心里了。想你，你就会来。

你也不要来找我，我也不把你带走。

如果有缘，我们会再见。如果无缘，一切不要刻意。

如果你想念我，恳求天帝，再次来到人间，变成蝴蝶、孔雀，变成白蛇、青蛇，变成小倩、小翠、小谢，都不会如今天这般圆满。人间太杂太污，你不一定会找到我，我也不一定会是当初，我可能娶了蛾子、苍蝇，我会做了李公子、陈世美、法海，我娶了白玫瑰，想着红玫瑰。所以人生若是只如当初，就好，多一秒钟都会万劫不复。

你走吧，只一眼，我们永不相忘。

《郑风·野有蔓草》：

野有蔓草，零露漙兮。
有美一人，清扬婉兮。
邂逅相遇，适我愿兮。
野有蔓草，零露瀼瀼。
有美一人，婉如清扬。
邂逅相遇，与子偕臧。

这首诗，讲的是男女相遇于野田草露之间，彼此情思萌动而含情脉脉。邂逅，是不期而遇。一如初见，单纯而美好。邂逅之美，是因为没有深入，不知家世、背景、人品、修为，只是两个青春萌动的纯粹的人。这份纯粹的感情，因为没有任何实际的发生，所以连一贯存天理灭人欲的朱熹大人也是欣赏的。但美好的开头，过程和结尾并不一定如意，所以有“人生若只如初见，当时只道是寻常”。另外，这首诗用草叶上的露珠起兴，风一吹，太阳初升，露珠就消失了，只是一瞬间，但梦幻一般的存在和消失，都是实实在在的。只要不经意间感受过，你就会被自然界的神奇和美妙感动不已。你就会释然，会顿悟，会知道美好的，一切有为法，如梦幻泡影，如露亦如电。见过，得到，不再执念。

第一流的人物读诗，吟诵，并心领神会

虚读《诗经》若干年，今天才听到于文华、哈辉吟唱的《诗经》系列。

于文华的音色好，柔而不媚，清而不浅，带一点经年阅历的感伤，一份深情空许的惆怅，轻音长啭，穿林度水云追月随，就这样飘到我的陋室内。清音绕梁，褪去所有躁气。

吟唱所用的配器多用笙箫、琵琶、古琴、唢呐、三弦、鼓等。琵琶常在音节过渡时用，一连串的珠玉魂消魄散，玲珑落盘，纷纷浮萍逐水去，凄然不已。音未绝，唢呐的高音又接上来，提悲蓄泪愈加不忍，末了还有鼓声紧追不舍，像灰烬里的炭，身上通着红红的火，在灰飞烟灭前犹灼灼其色铿然有声。

《蒹葭》《汉广》《氓》，终还是悲，还是喜欢《鹿鸣》那般鼓乐激昂风雷暗蓄，尽显泱泱大国之恢宏气势。

诗合乐而作。春秋时期诸侯会典或吹笙鼓簧敲磬击缶，或风清气爽箫笛并发，何等风雅。

不仅是吟唱，当年诸侯间宴飨际会还有“赋诗言志”的传统。“诗”在当时的外交活动中像酒必不可少如刀剑锋刃有力量。诗赋在先，酒杯后举，珠玑一吐可化干戈为玉帛，也可暗藏杀机兵戎相见。若论诗酒风流，任哪个时代也比不上那时文人学以致用，潇洒快活，志得意满。

“不学诗，无以言。”

便是孔子为春秋贵族们给出的语言规范。

《诗经》就这样被孔子删删减减拿来给贵族子弟们做教材，你们去读去背去运用，这才是你们高于平民百姓区别于粗蛮鄙俗的地方。

你听：

青青子衿，悠悠我心。纵我不往，子宁不嗣音。
南有乔木，不可休思。汉有游女，不可求思。
今夕何夕，见此良人。今夕何夕，见此邂逅。
风雨如晦，鸡鸣不已。既见君子，云胡不喜。
七月流火，八月未央，九月授衣，十月获稻。
蒹葭苍苍，白露为霜。所谓伊人，在水一方。
昔我往矣，杨柳依依。今我来思，雨雪霏霏。
宜言饮酒，与子偕老。琴瑟在御，莫不静好。

……

生年之初，诗就这样美妙，像清泉明月空气鲜花令人无限喜爱。那时候无论农情耕桑战争劳役各行各业似乎都充盈着诗人。后来渐渐成为贵族阶层的专属语言，加上孔圣人的精挑细择，大概形成了这样的风格。

一是格式音韵之美。

“桃之夭夭，灼灼其华”，诗经四字的组成结构极具语言之灵性。记得女儿小时候还不会说话时，先就蹦出四个字四个字含混不清的囫囵话来，那么幼小的心灵对语词的接收竟然率先接收到四字的韵律节奏和朗朗上口的特点。千年荏苒，时代巨变，依然还会时时到这里驻足留连，寻觅对望。

二是温柔敦厚的品性。

“有美一人，清扬婉兮”，何为“清扬”，眉目之间婉然美也。眉清目秀本来是眉若黛眼若明珠，秀色明丽的样子。加上“婉然”二字便有了低眉颔首怯怯羞羞不可抬头直视的闺阁女儿之态。显然在审美上先辈对美人更在意其温柔之态。“终温且惠，淑慎其身”，这八个字是对先秦女子品性修养的铭言，也就是温柔、贤惠、淑仪、慎终。这道封印至今不破。

三是谦恭有礼的修为。

“有匪君子，如切如磋，如琢如磨”，《诗经》中的君子最为儒雅谦逊。面对窈窕淑女，他们“琴瑟友之，寤寐求之，钟鼓乐之”，多么至情可爱。“出其东门，有女如云，虽则如云，匪我思存”，即便美女如云，我心匪石，非礼勿视。“缟衣綦巾，聊可与娱”，我只与荆内举案齐眉，杯酒释怀。虽说坐怀不乱只是种理想，但是君子如玉就这样在华夏的土壤里根深蒂固，任后世书生怎么折腾也逃不过列祖列宗的诫斥。

圣人的理想大概是，上流阶层不仅是世袭公族姓氏名讳的继承者，而且礼仪规范言谈举止都有王者风范和贵族品位。一句“不学诗，无以言”掷地有声，以一介平民身份直接约束和干预了权贵阶层，帅吧。

但是，诗及语言本身的发展规律是自由的，悦动的。从《诗经》到《楚辞》、汉赋唐诗宋词元曲明清小说，这种贵族语言一直在历代文人间相继相承不断演变。于是，没有了贵族，却有了书香世家。

北宋苏轼的家族可追溯到初唐政治家文学家、九岁成名的苏味道，母系是隋朝礼部尚书裴仁基之子一代名将裴行俭之女，苏轼的父亲苏洵亦是唐宋八大家之一更不用说了。北宋文学家晏殊有弟少年才子传为仙人的晏颖，其子晏几道词风似父造诣过之，14 岁就得了进士，亦是婉约派的重要作家，其《小山词》流传千年。一般的传奇小说话本写到才子都要夸耀一下先祖门楣，比如“博陵王之苗裔，清河公之旧族。潘安仁之外甥，崔季圭之小妹。华容婀娜，天上无俦”。其中，清河崔氏便是汉朝到隋唐时期的北方著名大族。书香门第遂成华夏文明唯一的慰藉。

从最初的春秋贵族到后来的书香世家，都称得上是第一流人物。他们的生命里都有诗词的浸润，文化语码也是一脉相承的。

以荷花为例：

《诗经》：山有扶苏，隰有荷华。

《楚辞》：制芰荷以为衣兮，集芙蓉以为裳。

《古诗十九首》：涉江采芙蓉，兰泽多芳草。

欧阳修：越女采莲秋水畔，窄袖轻罗，暗露双金钏。

周敦颐：出淤泥而不染，濯清涟而不妖。

李清照：兴尽晚回舟，误入藕花深处。

纳兰性德：藕丝风送凌波去，又低头，软语商量。一种情深，十分心苦，脉脉背斜阳。

花有千种，为什么都是荷花。就因为从《诗经》起，荷花被赋予为高洁自爱最能烛照文人品性之物。代代传承，遂成风雅。这就是文化语码，用了便自带清芬，圣洁而美好。

第一流的人物，读诗、吟诵，并心领神会。一个人独处也能欢喜自在，因为感悟到生命的美好和心灵的充实。便是独乐，也便独醒，不人云亦云，不随波逐流，便理性，众人的生活方式不一定适合自己，也没有什么比得上一颗柔软的心。

青青子衿，悠悠我心。

纵我不往，子宁不来？

挑兮达兮，在城阙兮。

一日不见，如三月兮。

琵琶起，唢呐扬，古琴流泉，箫声悠荡。

身如流水，人在年轮中老去，心如流水，人在韵动中活着。

她的美，只有文言能意会

一

美人，缘起《诗经》。

“手如柔荑，肤如凝脂。领如蝤蛴，齿如瓠犀。螓首蛾眉，巧笑倩兮，美目盼兮。”

写美人，一开始就是石破天惊。

农耕时代，陌上花开。

美人从桃花林中嫣然而过。

“巧笑倩兮，美目盼兮。”

她的一颦一笑，从此如影随形。

迎风望月，回眸驻足，每一次的思念里都是她。

才下眉头，却上心头。

二

再后来，是《北方有佳人》。

“一顾倾人城，再顾倾人国。”

也是千古好词。

只是不胜悲哀。

李延年用一首绝世好词，送他妹子青云直上。

宁愿倾国倾城，也不能辜负佳人。

汉武帝的心融化了。

李夫人自此宠冠后宫，

李延年词曲天下夺魁。

音乐家的旷世柔情倾泻在战战兢兢的人生里，

四弦一声如裂帛，唯见江心秋月白。

其实这份灵感也源自《诗经》。

《大雅》说：“哲夫成城，哲妇倾城。”

古人的教诲在帝王的雄风前，黯然失色。

李延年，拼尽一生才情，我就赌你倾国倾城。

箫声呜咽，笛风断续。

八音里袅袅杀气。

李夫人默然低头，

别有幽愁暗恨生，此时无声胜有声。

哪里来的美人，只有惨烈的生存。

三

后来读到《洛神赋》，眼前才又一亮。

“翩若惊鸿，婉若游龙。仿佛兮若轻云之蔽月，飘摇兮若流风之回雪。”

凌波微步，罗袜生尘。

气若幽兰，飘忽若神。

洛神之美，如月如雪。

曹植于贬谪途中，梦遇天人。

万千的烦恼抛却于九霄云外。

比起《诗经》，三国时期的诗赋已经平易不少。

美人却从阡陌飞上了云端。

“巧笑倩兮，美目盼兮。”还可以在阡陌邂逅。

“翩若惊鸿，婉若游龙。”当真是上天入地，人间哪得几回闻。

曹植贵为王子，才能与洛神相遇相望。

即便入梦，也是王的梦。

汉魏之际，美人只能惊鸿一瞥，

凡夫俗子无缘得见了。

从西周到汉，再到三国。

从硕人到佳人，再到洛神。

千百年间，

从乡野村陌，天上人间，美人一步步堕入尘埃。

她的美只有文言能意会，

情止、韵尽，美人绝。

从此再不见文言之美。

坐怀不乱，谁在笑

《郑风》有篇《出其东门》，非常耐人寻味。

“出其东门，有女如云。”
出其东门，美女如云。
公子仰起脸，喜不自禁，
仿若轻云之蔽月，流风之回雪。
一群呆雁！
诗人叹气，一声轻咳：
美女近在眼前，远在天边。

古人含蓄，
后世公子更含蓄，
“渺万里层云，千山暮雪，只影向谁去。”

“众鸟高飞尽，孤云独去闲。”
没了“有女如云”，公子们个个伤怀。

“虽则如云，匪我思存。”
存，是心有所念，心心念念。
匪我思存，是不能有心，不能念。
有女如云，
美则美矣，然已白云深处有人家。
好则好矣，终究云自无心水自闲。
美女如云，原是姻缘天定，
不能由心，不能存念。

所谓，坐怀不乱。

后世公子才情四溢，
美女如云，岂能不撩？
“云想衣裳花想容，春风拂槛露华浓。”
杨妃柔媚，诗仙情浓。
“曾经沧海难为水，除却巫山不是云。”
元公子假惺惺写下誓言，转身又去会莺莺。
“我欲穿花寻路，直入白云深处，浩气展虹霓。”
黄公子豪放秀逸，向来风流。

"有女如云，匪我思存。"
究竟挡不住后世无数情种，
一边坐怀不乱，一边心神俱荡。

"缟衣綦巾，聊乐我员。"
缟，白色。不是白娟，是素服。
缟衣曾经也是衣袂飘飘，蔚然仙姿。
綦，苍艾色。参差混杂的青色、绛红。
缟衣素袂玄为裳，古人最爱。
聊乐我员，聊胜于无。
室家清欢，必得过来人了然。

后来服饰趋于繁复，缟衣遂为居丧或凶事所用。
今有风俗，见丧衣者门前经过，唾之骂之。
也算有点讽刺。
历史的进程，这里算大不敬了。

"出其闉阇，有女如荼。"
闉阇，外城门。
荼，茅华，轻白可爱者。
出了曲城的城台，诗人顿觉轻松。

高台远去，茅华有致。

随风袅娜，淹然百媚。

有女如荼，似莲藕，出淤泥而不染。

比之先前的“如云”，从天上落到人间。

可亲可泽，可怜可爱。

恰似，

蒹葭苍苍，白露为霜，

所谓伊人，在水一方。

“虽则如荼，匪我思且。”

诗人再叹气，再咳，

“有女如荼”，非花非云，只是茅草。

在上者，美人如云，高不可攀。

在前者，美人如花，花香袭人。

在下者，美人如荼，身陷沟渠。

似乎，美人越近越危险。

公子点头，

汉之广矣，不可泳思。

汉有游女，不可求思。

不可，不可……

纵你在水一方，美艳绝伦，亦越不过重重泥淖，开不成一朵青莲。

难道我要陷入危险的沼泽，那是有可能丧命的。

“有女如荼”，不可戏，

“匪我思且”，君子有所不为。

“缟衣茹藘，聊可与娱。”

茹藘，茜草。可以染绛。

白娟染上几条绛红色，譬之美人抓破脸。

三分韵致，七分怜惜。

聊可与娱，聊可与乐。

圣人教诲，谆谆千载。

出其东门，坐怀不乱。

谁在笑……

十亩之间，桑女自得

常被人取笑，因为我的手机主屏上有九个大类，分别取了个附庸风雅的名称。比如工具类的叫“清寂”，书刊类的叫“花满楼”，图片类的叫“流风回雪”，还有一个叫“十亩之间”，因为意思模糊，更惹人发笑了。

“十亩之间”是《魏风》中的一首诗。

十亩之间兮，桑者闲闲兮，行与子还兮。

十亩之外兮，桑者泄泄兮，行与子逝兮。

只有两句，说起来却很耐人寻味。

古人有农田十亩，庐舍二亩半。

环庐舍种桑麻杂菜。

曹植诗云：美女妖且闲，采桑歧路间。柔条纷冉冉，落叶何翩翩。

美女罗衣飘飘，公子轻裾随风。

十亩之间兮，采桑种豆。

日出而作，日落而息。

十亩之外兮，琴书消忧，

清流赋诗，白头偕老。

行与子还兮，行与子逝兮，

从“还”到“逝”，相与相随了一辈子。

甜一点看，这是田园之乐，夫唱妇随。

酸一点看，这是仕途失意，归隐之作。

古魏国很弱，夹在周室衰微、诸侯纷争当中，被晋献公顺带着就灭了。

古魏国短得没有历史，却有千古流芳的诗作。

《魏风》只有七首，其中《硕鼠》和《伐檀》非常有名。他们的公族就是硕鼠一类，不稼不穑，不狩不猎，毫无作为。一介弱国小民，“心之忧矣，其谁知之”，最后只能“逝将去女，适彼乐土”。

所谓乐土，就是十亩之间。

世称小隐隐于野。

如陶渊明的《归园田居》："方宅十余亩，草屋八九间。""晨兴理荒秽，带月荷锄归。""白日掩荆扉，虚室绝尘想。""相见无杂言，但道桑麻长。"

苦一点看，这种田园理想，思之令人落泪。

明月松间照，清泉石上流。能够在这里享受的，都到了一把年纪，可以说一说人生况味了。

比如陶渊明，出仕三十年，上坡"采菊东篱下，悠然见南山"，下坡"少小抱孤念，曾经有猛志"，在仕与耕之间苦苦挣扎了半世。

比如老舍说过年：在爆竹稍静下来些的时节，我老看见些过去的苦境。

比如余秀华说一朵花：

我们都是开放过的人，

被生活吞进去又吐出来。

辣一点看，十亩之间，缓慢、平和，细水长流而充满力量。

山中若有眠，枕的是月。

夜中若渴，饮的是清泉甘露。

“十亩之外兮，桑者泄泄兮，行与子逝兮。”
泄：鸟儿闲闲，桑女自得。

读书写字，洗衣做饭，
炊烟袅袅，意暖情融。
一个没有出息的女人，
被砸到地上，又自己站起来。
一篇篇文案死去，一个个计划凋落，
又被捏在手心里重新焐热起来。
行与子逝兮，
那是一种信念。

“十亩之间兮，桑者闲闲兮，行与子还兮。”
这是一幅画，风和日丽，怡然从容。
这是一种生活方式，自性清静，充满禅意。
从空出有，如一朵清莲，
只有把自己落进土里，深埋，
才能对未来的日子满心欢喜。

命运未必会改变河道，

先把心情赎回来。

山中若有眠，枕的是月。

夜中若渴，饮的是清泉甘露。

最好的生活，是一种关于空气的耕种，

求一个南北对流，身心通透。

山中无历日，寒尽不知年。

就是十亩之间，桑者闲闲兮，行与子还兮。

我与你的，诗意人生。

桃夭：原来花开是这样的表情

钱锺书的语言幽默风趣，听的人笑就凝在嘴角，若笑出来了就是傻，不笑又太笨了。这老头，眼镜背后都是智慧与嘲讽，把人损完了，他还在等你笑还是不笑。

他讲《诗经》也很性灵，一首诗洋洋洒洒，旁征博引，其实就讲了一句他感兴趣的，他没讲的，连同你所知道的，忽然成了很可笑的部分。

一

比如《桃夭》，钱大师只讲了一句："桃之夭夭，灼灼其华。"《毛传》：夭夭，其少壮也。灼灼，华之盛也。

钱钟书：夭夭，比喻之词，女笑之貌。形容花之姣好，非指桃树之少壮。

钱大师的不同说法，来自《说文解字》："夭"字的古体、异体字"媄"出自古籍"桃之媄媄"，又因原文为篆文，芙和笑在篆书中不分。后"芺"简化为"夭"，因此夭即是笑。

东汉许慎的这本书分析汉字的字形、构造及演变，从这个字的源头起，再来看诗解意，比起空想的画面和杜撰式的想象，要科学和可信多了。

钱大师由《说文》入手，再引出李商隐对"夭"的运用。

《即日》"夭桃唯是笑，舞蝶不空飞。"

《嘲桃》"无赖夭桃面，平明露井东，春风为开了，却拟笑春风。"

李商隐这两首诗都是形容春日桃花迎风绽放的悦然之态，袭用了"夭"即花笑之貌的意思。《诗经》是后世文学作品的滥觞，后人引用是词义流传的又一例证。

如此，钱大师拈花一笑，"清儒好以经解经，实无妨以诗解《诗》耳。"微微一揖，把清代大儒推下神坛。

二

接下来，钱大师洒然上台，就这一句开讲文章技法。

"夭夭"总言一树桃花之风调，"灼灼"专咏枝上繁花之光色。“有合于观物由浑而画矣”。细说就是：“观物之时，瞥眼乍见，得其大体之风致，所谓‘感觉情调’或‘第三种性质’(mood of perception tertiary qualities)；注目熟视，遂得其细节之实象，如形模色泽，所谓‘第一、二种性质’(primary and secondary qualities)。”

这一节中英文对译是全文言翻转，儒雅至极。

其实讲的就是修辞法中的先总后分，由点到面。

例句他又搜出《小雅·节南山之什》“节彼南山，维石岩岩”：先道全山气象之尊严，然后及乎山石之荦确。

先不说，一般解读是“节彼南山”指山之高峻，“维石岩岩”是积石叠奇。钱大师不做这样的初级讲解，而只看到技法的传承。其次，这句诗在《诗经》比较靠后，很少有人读到这里。钱大师也能信手拈来，即便百度时代也是勾连不到的。民国大师的底蕴令人叹为观止。

三

技法讲完，钱大师意犹未尽，又秀了把“飞花令”：隋唐而还，“花笑”久成词头：

萧大圜《竹花赋》：花绕树而竞笑，鸟遍野而俱鸣。

骆宾王：花有情而独笑，鸟无事而恒啼。

李白：桃花开东园，含笑夸白日。

李商隐：

《判春》：一桃复一李，井上占年芳，笑处如临镜，窥时不隐墙。

《早起》：莺花啼又笑，毕竟是谁春。

《李花》：自明无月夜，强笑欲风天。

《槿花》：殷鲜一相杂，啼笑两难分。

豆庐岑《寻人不遇》：隔门借问人谁在，一树桃花笑不应。

唐太宗：

《月晦》：笑树花分色，啼枝鸟合声。

《咏桃》：向日分千笑，迎风共一香。

这些诗句，“花笑”之意，有的明写有的暗喻，若非熟知诗意满腹才情，一时是凑不出来的。

又这豆庐岑是谁，不知道，只这一句“隔门借问人谁在，一树桃花笑不应”，将门外访客寻人不遇与园内花事自在盛放联系在一起，一问一答，悄然交融，灵应神合，婉转风致，韵味十足。而门内桃花，亦如胡氏所言，春事烂漫到难收难管，亦依然简静平和。算得上惊鸿一瞥，过目不忘。别处总未见有过，钱大师真好眼力。

鸟啼花笑，从“桃之夭夭”处来，后人吟咏，每一句都是可以找到源头，这才是《诗经》的浪漫哪。

写到这里，想起有一次在上音微咖啡，遇到一位二十六七的女子，对坐轻谈，她的脸上始终带着三分笑，当时晚风徐徐旁边盛放的月季饱满甜润，花与人面相交映，忽然觉得，原来花开就是这样的表情。

四

钱大师讲《诗经》，旁征博引一泻千里，貌似游侠，实际内力深厚。他以上列出的诗句俱出于隋唐五代十国，后面“夭”的用法有了变化。《说文解字》：“采李阳冰说：竹得风，其体夭屈，如人之笑。”也就是“夭”从花笑之貌演变为风中之竹。

苏轼：竹亦得风，夭然而笑。

南宋曾几：风来当一笑，雪压要相扶。

北宋洪刍：数竿风篠夭然笑。

钱大师这里列出的都是宋人诗文，“夭”为笑貌，“仅限于竹，不及他植”，是从宋之后才有的。钱大师侃侃而谈，看似不经意，朝代风尚的区别清晰可见。这与唐人爱花宋人清雅也吻合。

一个“夭”字，由“桃之夭夭”到“花无长乐之心”，再至“竹得风而夭然笑”，千年风韵，一脉相承。诗有味，人嫣然。赏读成了享受。

《诗经》本名《诗三百》，就是一部诗歌总集。比之经学家解诗，一首《桃夭》讲的是文王之化，婚姻正时，女子之贤，宜室宜家。文辞雅，义理也正。但也可说与桃花无甚相干。若一定要扯上关系，还是那一句“隔门借问人谁在，一树桃花笑不应”有灵气有趣味。

钱氏赏读，以诗论诗，满篇诗围词绕，怡情悦性，比之诗以载道，诗以言志，又轻灵又通透。

桃之夭夭，灼灼其华。

你见过一树桃花笑而不语的样子吗?

私话:

山穷水尽地去了一趟上图。把《管锥编》讲《诗经》的部分挑出来看。图书馆氛围招人，沙发也很家居，坐下来粗粗细细地翻了两个多小时，渐渐地就看出点味道了。

既见君子，云胡不喜

如果问《诗经》中哪一种场景最动人，那一定是“既见君子”。

既见君子，云胡不喜！

——《郑风·风雨》

世上的情爱反反复复讲得够多了，却还是忘不了那一次风雨之夜。

“风雨凄凄，鸡鸣喈喈。”听了一夜的疾风骤雨，凄清别意，直到一声清亮的鸡鸣划破晨昏。一声，又一声，牝牡相和，此起彼伏。约定的时间快过了，“来，还是不来？”望到人眼欲穿，想到人心欲窄。思者无语，闻者无奈。这样的起兴总是把人的心揪紧了。七上八下的时候，胡思乱想、爱恨不是，最难把握的一瞬间或许你的命运就注定了。《郑风》感人，它什么也不说，待到最后一刻，推门而入。一头湿漉漉地站在你的面前，眼睛里闪烁着“风雨之后”的兴奋和激动。这不是幽会，不是私奔，而是破茧成蝶，凤凰于飞。

初见君子，邂逅之美。这很普通。

既见君子，云胡不喜！却是不凡。

从初见到既见，中间有一条歧路。

很多人过不去。他们成了蛾子、蟑螂、苍蝇、金龟子……就是化不成蝶。

“风雨凄凄，鸡鸣喈喈。”这是爱的量变。

“既见君子，云胡不喜！”这是爱的质变。

如果风雨来的时候，hold on！

既见君子，我心则降。

——《小雅·出车》

“相见时难别亦难，东风无力百花残。”如果比起出征前的生离死别，“无力”两句竟是苍白的。“古人出师，以丧礼处之。命下之日，士皆泣涕。”那是九死一生的征途。抬头仰望，前朱雀后玄武，旌旗猎猎，豪气凌云。低头唯见“王事多难”，“忧心悄悄”。一路高歌猛进，一路马革裹尸。荒草坟茔，无边无际。要打多少年，杀多少人，死里逃生多少回，才能留下一条命，一步一步走回你的面前。你还认得出我吗，你还在那里眺望吗。远远的，你看见了我，我看见了你。面对面时，我们都不敢相信自己的眼睛。伫立良久，你转过身，掩面而泣……

初见君子，我心斐然。

既见君子，我心则降。

如果这不是战争，只是一场梦魇。

如果生活里也有这样一场战争，你靠什么活下来。

感谢他的野心，把你带进这场噩梦中。感谢你的真诚，当最后一搏的时候，忘记生死，才能一剑致命，涅槃重生。

生活其实比战争更残酷。

“未见君子，忧心忡忡。”这就是生活。

“既见君子，我心则降。”这就生活里的战争，终止于平淡。

降，即是心安，心安即是家。

爱是战胜一切的信念，家是千辛万苦也要回来的地方。

既见君子，其乐如何！

——《小雅 · 隰桑》

既见君子，其乐如何！

既见君子，云何不乐！

一开始，以为这是位感情明朗性情大胆的女子。

直到最后一章“心乎爱矣，遐不谓矣”，才知道这原来是一场暗恋。

“中心藏之，何日忘之！”更是道出一段藏之又藏的深情。

好比爱如根须在地下恣意延展，枝叶其上而情意繁茂。

回看三个感叹号，犹如一阵阵狂乱的心跳。女子蓦然回首，又见君子，如梦如幻，如痴如醉。柔条冉冉，“其叶有沃”，光泽可鉴。“其叶有幽”，幽思绵长，不绝如缕。

山有木兮木有枝，心悦君兮君不知。

“既见君子”的最动人之处，竟然是“思公子兮未敢言”。

世间最难，是“既见君子”。

最大的生趣也是“既见君子”。

既见君子，云胡不喜！

既见君子，我心则降。

既见君子，云何不乐！

叁

@张爱玲

她的文字让人猝不及防爱之入骨，她的感觉犀利敏锐一针见血。在所有的凡俗面前，她一点也不避俗，却也让别人标榜不起雅。她永远是那个天才少女，无法接纳成人世界的游戏规则。她辗转在异国他乡找到自己的藏身之所，一个人冷冷清清风风火火地活着。最后，连上苍召唤她的日子也安排得从容有序。每个人都被上苍牵制，只有她倒好像是被指派来的，以另一种破圈的生活方式远远地注视众生，且充满同情和永葆好奇心。每个人都是一座孤岛，而有她在，你知道前方并非一片黑暗。

旗袍里的暗语，你都知道吗

张爱玲是个挺特别的上海女人。一点没有洋房千金或者亭子间小姐的影子。她是没落大宅里阴魂不散的无数煞星处心积虑培植出的魂魄。她是古典的，固执的，阴郁的，也是重生的，自由的，开放的。说她是小资鼻祖，其实她过得一直很局促。她的文艺也缺乏一股清新的空气。她给人的冲击是穿着，“葱绿配桃红，是一种参差的对照”，刺激性大于启发性。她在感官世界里尽情吐纳，她笔下的那些绮迷往事和民国女子，只一身旗袍，就能穿透一个时代一段人生，实在是很有看头的。

曼桢：

1. 蓝布旗袍

她在户内也围着一条红蓝格子的小围巾，衬着深蓝布罩袍，倒像个高小女生的打扮。蓝布罩袍已经洗得绒兜兜地泛了灰白，那颜色倒有一种温雅的感觉，像有一种线装书的暗蓝色封面。

民国女子穿蓝布旗袍的很多，大多不出清秀和学生气。张爱玲更写实，曼桢是个穷姑娘，深蓝布罩袍都洗出绒毛了泛白了，从户外走进来的世钧还是感到了一阵暖意，“温雅”这个词，说的是曼桢勤俭平和，也是世钧喜欢的安稳平淡。两人相识没多久，曼桢淡雅的气质云雾般地弥漫在世钧心里，“像有一种线装书的暗蓝色封面”，早就有的一本书，忽然就搁在了你的面前。

恋爱里有一种叫“似曾相识”，会不会是从前那一段被时光洗白了出绒了的悠悠岁月。

2. 粉红圆点子短袖夹绸旗袍

原来她去换了一件新衣服，那是她因为姊姊结婚，新做的一件短袖夹绸旗袍，粉红底子上印着绿豆大的深蓝色圆点子。这种比较娇艳的颜色她以前是决不会穿的，因为家里有她姊姊许多朋友出出进进；她永远穿着一件蓝布衫，除了为省俭之外，也可以说是出于一种自卫的作用。

世钧第一次到曼桢家来。曼桢的欢喜是遮不住的。她迟了一会才下来，就是为换了这件新做的裙子。若只是在姊姊结婚时才穿，又不是曼桢了。她是个正常的女孩。这样娇嫩的颜色当然是这一刻穿了才有意思。也许，曼桢做这条旗袍时，满心里想的就是世钧哪。粉红底子深蓝色的圆点子，两色相撞，色彩浓重光彩照人，果真是春意盎然春心荡漾了。只是为了这一刻的绽放，她一直在蓝布罩衫里历练岁月，小心翼翼度日。

曼桢是我最爱的，她是张爱玲笔下唯一良善而理性的女主角。粉红深蓝短袖夹绸像是春光乍现，美好而短暂，而蓝布旗袍终是曼桢的底色，她到底也没有走出这层印记。

曼璐：紫色丝绒旗袍

慕瑾来了，正在他房里整理行李，一抬头，却看见一个穿着紫色丝绒旗袍的瘦削的妇人，也不知道她什么时候进来的，倚在床栏杆上微笑地望着他。慕瑾吃了一惊，然后他忽然发现，这女人就是曼璐——他又吃了一惊。他简直说不出话来，望着她，一颗心直往下沉。

他注意到她的衣服，她今天穿的这件紫色的衣服，不知道是不是偶然的。从前她有件深紫色的绸旗袍，他很喜欢她那件衣裳。冰心有一部小说里说到一个“紫衣的姊姊”，慕瑾一个时期写信给她，就称她为“紫衣的姊姊”。

他把从前的一切都否定了。她所珍惜的一些回忆，他已经羞于承认了。曼璐身上穿的那件紫色的衣服，顿时觉得芒刺在背，浑身都像火烧似的，她恨不得把那件衣服撕成碎布条子。

这三段要结合起来看。曼璐那件紫色丝绒旗袍就耐人寻味多了。

曼璐的少女时代不比曼桢少一丝一毫的清纯美好。慕瑾追过、恋过，紫色旗袍就是他们之间最美好的回忆。张爱玲的笔辣，最擅从这里撕开。再美好的记忆，我们也回不去了。一不小心，还会被挫骨扬灰，什么都没了。曼璐的痴念，曼璐的悲哀便在她沦为暗娼，她在面对旧爱时还自以为是可以做人的。她为了家庭牺牲了青春，毁了名誉，也同时放弃了感情和平淡。那个越走路越窄的世界到底也是她的选择。不要怪没有人会理解她，包容她，在她被消费殆尽的时候还会一起唾弃她。包括她心中唯一的纯真和向往。也许这一刻，她是把慕瑾当做了最后的希望。然而事实让她猝然看到自己的不堪，更可怜的是，当她明白这一切都破灭的时候，她就真的堕入了黑暗。她把紫色旗袍撕成碎片的时候，她在黑暗中的力量已经形成了。

张爱玲一笔都不闲，她写旗袍，写风情，着色搭配心思欲念，也许裁缝还未知，她已经了然了。她一只手穿过旗袍，一只手戳穿人世。角色就是她的阴魂，婉转抒情还是追魂索命，她都毫不留情，长驱直入。

晚年的张爱玲越来越简淡，但是她极少的遗物里还有几件新买的衣服，女人的宿命里，这一点谁也绕不过，如同生命的一部分。

薇龙：磁青薄绸旗袍

乔琪乔和她握了手之后，依然把手插在袴袋里，站在那里微笑着，上上下下打量她。薇龙那天穿了件磁青薄绸旗袍，给他那双绿眼睛一看，她觉得她的手臂像热腾腾的牛奶似的，从青色的壶里倒了出来，管也管不住，整个的自己泼了出来。连忙定一定神。

张爱玲写旗袍，这段也极经典。

磁青薄绸，让人想起一只官窑出品的薄胎青花瓷，光润柔滑，清波流转。薇龙肤如凝脂，白净无瑕。前文说她表情虽有些“呆滞”，却因此显出“温柔敦厚的古中国情调”。这般神情气韵里外呼应，一脉相承。她与乔琪乔本是一对璧人，这时蓦然相遇，心未动，身先热。恰如一杯热牛奶整个地泼出来，青春的萌动在风里摇荡，不知不觉，恍然如梦。

薇龙这只精美的品杯，可观赏、把玩，也易碎。遇到乔琪乔，她注定管不住自己，泼出去了，绝收不回来，是她的宿命。

爱玲比喻向来惊人的贴切。单纯的青与白是没有这样的效果的，她将各种古典元素中的精美部分融合在一起，信手拈来，自然生动，无人能及。

流苏：月白蝉翼纱旗袍

床架子上挂着她脱下来的月白蝉翼纱旗袍。她一歪身坐在地上，搂住了长袍的膝部，珍重地把脸偎在上面。蚊香的绿烟一蓬一蓬浮上来，直熏到脑子里去。她的眼睛里，眼泪闪着光。

“月白蝉翼纱”犹如月光下迷离梦幻的场景一般，流苏就是这样朦朦胧胧，踩在云端里一般，每一步都不确切，但又充满期待。流苏就是这样一幅画面，既唯美，又凄迷。如同一首古诗，烟笼寒水月笼沙，美人无依花溅泪。旗袍于流苏，是漫无天日的夜色中唯一的光芒。流苏搂着旗袍，就如同秉持着她的美貌，拼尽全力，要在男权的世界里搏杀绽放。

她知道她有什么，男人喜欢什么。流苏的聪明是顶女人的聪明。

她真的可以骄傲地说，“为了成全她，一个大都市倾覆了，成千上万的人死去……”

一顾倾人城，再顾倾人国。

倾国倾城的民国版，流苏笑了。

能把月白蝉翼纱穿出味道的女人，有一种特殊的韵致，或瘦怯怯如诗魂一缕，或清雅如白莲低头如莲子。这两种气质合在一起，就是范柳原喜欢的永远不会过时的世界上最美的中国女人。

张爱玲的名篇《倾城之恋》，发生的年代正是女人穿旗袍最绮丽妖冶的时期。可是流苏穿旗袍却只有这一段。看似一场情爱对手戏，其实有着宏大的战争背景、更多特殊的复杂的元素。

不是一个流苏，把旗袍认作了知己。

再没心肝的女人说起她去年那件织锦缎旗袍，也是一往情深的。

女人的那点心思，后来都变成了心事。

连同张爱玲的《更衣记》，她对服装的态度其实很超脱。她欣赏的是“轻倩的掠过”。她那么热烈地夸张地穿着，其实

"一撒手"就可以放开。

众生如我，都是普通女子，打开衣橱，尽可以多变些，但想法简单点。

旗袍里有暗语的，冥冥中它捣尽鬼，你不一定降得住。

色戒：李安超出张爱玲的那部分

因为先看小说，再看电影，所以觉得李安比张爱玲更厉害。

张爱玲的心思难猜，李安的思路很清晰。

《色戒》这个小故事放在张爱玲心里很久，从一次小小的震动到不断修改最后定稿发表，竟然有三十年的跨度。是怎样的一段故事如此放不下，兜兜转转那么多年，还是终究要一点一滴吐丝成茧。

因为易默成的汉奸身份，人们很容易想到她和胡兰成。即便这段情缘因为触到了政治立场问题，而一直被诟病到今天。尽管她因此种种离开上海，远离家国，她也只做一个简单的女人，永远不泯深入骨髓的情和爱。也只有她，在自由的书写中，能把政治敏锐度降到最低，把文学感染力用到极致。于是，你看到的是一部黑色情爱片。

张爱玲心里的王佳芝看上去并不复杂，有女孩子都有的虚荣和单纯，盲目和善良，但当她觉得和易先生在一起“每次都像洗了个热水澡”，这个女人已经被成长了。至少她明确知道什么是做，什么是爱。唯其从身体的感觉上起，她真的走向了易默成。与其说是她色诱，不如说是易默成一步步引导她，成为被他感化的女人。最后的那枚有价无市的粉红钻，则迅速让王佳芝的所有防线轰然倒塌，她在最后关头想，她爱不爱他已经没有关系了，他对她，是真心的。她一旦意识到这里便毫不犹豫地放走了易默成。一次可能成功的暗杀行为在瞬间失败了。结果是惨烈的。但是王佳芝并没有任何不安。对于她来讲，能被一个人如此宠爱，在她仅有的二十几年人生里，是个巅峰。她是满足而欣慰的。即便是飞蛾扑火，她也觉得对得起他了。

张爱玲在卷首语中写道：爱就是不问值不值得。

张爱玲写过很多女人，除了漂亮，各有各的勇敢、决绝、痴傻和蠢笨，甚至阴毒、变态。但她从来都是带着全角镜头去完成的。

王佳芝同样如此，柔弱、善良，幼稚、愚蠢。为了回报一份真心，不惜赔上她和另外九条命。

对于她来讲，爱就是不问值不值得。

对于张爱玲来讲，她曾经爱过，曾经有过不问值不值得。

对于李安来讲，这只是一个缺爱的故事。其中扑朔迷离，迷雾重重，完全够得上一部情爱推理片。

李安看原著时，就认定易先生是知道王佳芝的意图的，易太太也明白他们之间的关系。所以，他要演的是一出瓮中捉鳖，是一网打尽。

除了这一点，李安还有一个最敏锐的地方，就是他看出了，张爱玲是个无爱的女人。因为童年父母离异，母亲远走高飞，父亲生性暴躁，她自己体弱多病，始终缺乏家庭的温暖。

所以，李安的《色戒》视角和见地更深广而内敛。

他和编剧一起，巧妙地用一个情爱三级片，掩饰了一个更为高级的黑色文艺推理片。

李安圆熟的构思里，易先生一早认定王佳芝身份的可疑和存在的危险，但因为只是一群无组织的大学青年的行为，目的虽然险恶，但行动各个环节都幼稚而模糊。还有没有更严格的组织在背后煽动和操作，这或许才是易先生玩转王佳芝的最初原因。至于易太太，易先生的汉奸身份朝不保夕，他的压力和焦虑唯有易太太深知，一方面是声色犬马，一方面是如履薄冰。风月场、生意场上的女人，易太太见多了。王佳芝的目的究竟是她还是易先生，没有比她更敏锐的。这对夫妻逢场作戏的默契度，是心照不宣的。否则，何以在这样一个复杂的背景下如此淡定而游刃有余地生活。

李安称拍《色戒》是一场梦魇。

所谓梦魇，一定是感受到什么可怕的事情，多是由于疲劳过度或大脑皮层过度紧张引起的。

那么他在影片中精心设计的每一句台词、每一个任务、每一个景，都不是虚晃的，都有着特殊而必备的含义，彼此之间又丝丝入扣，因果关联。

如此，细看电影《色戒》，几乎每一个镜头，每一个场景，都是有所指的，经过精心设置、用心揣摩、细密安排的。精益求精到无一处虚笔，才会令李安如梦魇一般。

其中，被有些人看出来就是张秘书这个人物。这个角色的背景比易默成更特殊。我们从近年来的谍战片中可以看出，不论是中统还是军统，身边的秘书都很诡异，很多是用来密切监视这个名义上的主子的。正如这个张秘书，其实直接上司就是日本人。

所以，开头王佳芝一出场就引起他的疑心了。之后的一系列暗中观察和调查正是他和易默成一起策划的。最后的抓捕枪毙也是张秘书果断执行的，对易默成只是告知，并非请示。

李安只是把张爱玲，或者说女人不感兴趣的一部分，详尽而合理地挖掘了出来。而表面这个男人和女人之间的情和欲，因此则表现得更加热辣和琢磨不透。

比如两人在床戏上的殴打和暴虐，行虐的背后是什么？

王佳芝之后为什么显出轻松和满足。

王佳芝问：你相信吗，我恨你。

易先生说：我相信。我相信。

两个人都是话里有话，都在用身体和行动表达，无论是生存的恶劣还是行为的迷茫。

交心，便是如此。

最后再说那枚粉色钻戒，易先生在珠宝店里“温柔而怜惜”看着王佳芝，不禁怃然：你一个大学生，一个青春正当年的校花，恰如这颗有价无市的粉红钻戒一般，如此的宝贵。你何必卷入这污烂的世界。

易默成对王佳芝原本只有怜惜。

放不下的，倒是李安。

李安和张爱玲在《色戒》内埋了多少码

《色戒》中有个重要的细节，王佳芝说，“每次跟老易在一起都像洗了个热水澡，把积郁都冲掉了。”读不懂的时节，只是一笑。后来有一天再看，忽然悟过来。这是打开王佳芝心门的一把钥匙，以此打开，能看见一个女孩子的几重天。

“热水澡”这个比喻很惹眼，把它和色情联系在一起更色。难怪李安初次看剧本认为就是一个黄色故事有什么好拍的。但他很快被吸引住了，我想应该与后面的“积郁”两个字有关。王佳芝的“积郁”由来已久，像水波一圈圈推开去，每一道都是年轮，带着成长的欢笑与伤痕。

那是一幕爱国青年自编自导的戏剧，他们从舞台演到生活里。她是主角，作为诱饵把电话号码丢给老易，然后一屋子人兴奋到“找那种通宵营业的小馆子去吃及第粥，在毛毛雨里一路走回来，疯到天亮”，嗨到头就成孽了。后来主角要深入虎穴，而她只是个没有恋爱经验的女孩子，于是就有了梁润生，“只有他有过性经验”。那天晚上，气氛情绪都到了高潮，所有人都退不下去了。她喃喃自语，“既然有牺牲的决心，就不能说不甘心便宜了他。”

不止这一夜。

所有人都掉进了色相的泥淖里。

色诱是传统的戏码，传授性经验却是真人演练，不拘谁就上了，一群少年共同培植出荒淫和正义混杂的舞台气氛。这个细节是非常可怖的，青春的另一面充满荒芜亢奋阴惨离奇。怎么没人关注这一点？

倒是汉奸那头微澜不惊。易先生没有来电话，易太太欢天喜地来辞行。他们内部的情形也发生了变化，戏演不下去了。王佳芝成了尴尬还是笑话，总之成本过高，没有人可以正视或分担，一伙人无牵无绊地分道扬镳各奔前程。直到这时，她才慢慢地摸到自己的痛楚，无缘无故失去了童贞，又疑心是否得了脏病，还有一开始就“已经有人别具用心了”？

李安的电影里，这时的场景很难忘，一个身着粗布棉旗袍的身影穿行在上海湿哒哒的弄堂里，充塞着俛首无语的阴郁感。

本可以在这里戛然而止的。然而毕竟她还是“爱国青年”，这样一群年轻人加一个奋勇离奇的故事焉能不引人注意。组织上找到他们。她也义不容辞。

她的积郁，终于有了“光明的出口”。

“事实是，每次跟老易在一起都像洗了个热水澡，把积郁都冲掉了。因为一切都有了个目的。”

这是完整的一句话。“因为一切都有了个目的。”是第三个关键词。她是“牺牲”了女贞，但原本是有点不明不白的。现在大概是“壮烈”的，她那些同学看了也许眼神又不一样了，她仿佛正站在舞台的正中神情严峻眉目端然。

蝴蝶就这样投身熔炉中。她不知道这是浴火自焚。只看到灼热的光芒无比璀璨的另一个世界。

她也知道自己不是舞台上的明星，却又误以为自己成了生活里的中心。

这是王佳芝的“热水澡”带来的第二个效应。

“麻将桌上白天也开着强光灯，酷烈的光与影更托出佳芝的胸前丘壑，一张脸也经得起无情的当头照射。两片精工雕琢的薄嘴唇涂得亮汪汪的，娇红欲滴。”牌声噼啪中，一切以她为中心。

她一得意就又把自己放进场景里了。女人们都是眼明心亮的，马太太易太太不动声色一吹一捧谈论起钻戒来，这可是年轻美貌所缺憾的。王佳芝顿时黯然了许多，她捂着手上的翡翠戒指，“叫人见笑”，自卑和虚荣心幽幽升起。“火油钻、粉红钻都是有价无市”有些话飘进女人心里就像呼吸一样自然。

王佳芝是爱国的，为了这她糊里糊涂连身子也可以献出去。可见是很勇的。她忘了自己更是个女人，碰到鸽子蛋大的钻戒会更勇。

珠宝店主拿出一只深蓝丝绒小盒子，是颗粉红钻石，有豌豆大。她怔了怔，不禁如释重负。“总算替她争回了面子”。他的侧影迎着台灯，目光下视，睫毛像米色的鹅翅，歇落在瘦瘦的面颊上，在她看来是一种温柔怜惜的神气，“这个人是真爱我的。”她心下轰然一声。所有关于爱国的行动计划在更神圣的爱面前全线溃退。

王佳芝最大的误会是她以为是爱，他只是在喂食。

放走老易，王佳芝等一伙人立刻被一网打尽，不到晚上十点统统被枪毙了。太快了！她应该还没来得及思考一下，就草草地送了命。这一次不是积郁，是人间终局。黄泉路上她不知如何面对那碗孟婆汤。色戒的法棒落到女人头上，似乎更耐人寻味。

易先生没有一瞬念及是王佳芝临阵倒戈，救了他一命。他下令执行的时候只有斩立决，没有丝毫犹豫。“他们是原始的猎人与猎物的关系，虎与伥的关系，最终极的占有”。猎物必须忠于主人，主人予以生杀大权。呵呵，王佳芝这个猎物死得其所。猎人还她一个“红粉知己”，她是否还会为“无毒不丈夫”而依旧爱他?

有些妇科病是顽疾，时不时发一阵，从不根治。

她以为真爱她的这个男人是这样考虑的："拖下去，外间知道的人多了，讲起来又是爱国的大学生暗杀汉奸，影响不好。"这是其一。其二是现在不怕周佛海找碴子了，"一旦发现易公馆的上宾竟是刺客的眼线，成什么话，情报工作的首脑，这么糊涂还行？"

这是易先生思虑的两个关键地方。比较一下佳芝"他是真爱我的"就舍弃主义，不计后果，男人和女人的不同，太讽刺了。

作为女人的王佳芝成为性和毁灭的工具。

作为男人，易先生也只是别人手里的棋子，风声鹤唳，"他这时期十分小心谨慎，也实在憋狠了，蛰居无聊，心事重，又无法排遣，连酒都不敢喝，防汪公馆随时要找他有事。"女人只是春药，他也没有出路。

哪里有情，若有就是他手里的香烟，慢慢烧成灰烬，化作一缕缕幽幽的白气，像为他香消玉殒的女人做了鬼也不肯离开他。

色相与灵魂互不相让。

张爱玲不单单是词句迷人，她也很会谋篇布局，前后承接。她那样不好张扬的人，不细心是看不出来的。还有那个姓吴的，许了吸收他们进组织。神龙见首不见尾和邝裕民单线联系，事发后只他一人逃脱。这样的描述都在告诉你一个真正的特工是怎样的。像这样的码很多。她也说过王佳芝等不过类似票戏。票成了算考验，票不成误了卿卿性命，蝼蚁而已。

天地不仁，以万物为刍狗。

不要怪天地，是人。

李安曾在片场痛哭，梁朝伟安慰他说，“我们只是露个皮肉，你要保重”。

感谢这世上还有悲悯之心。

那个全是缺点的女人，成了传奇

看《小团圆》忘了时间，连神往已久的蟹粉饺子也没去吃。

林子电话：你原来不是说有点乏味的吗？

我赶紧摇头：不，今天看出味道了，这不是小说，是张爱玲的传奇解锁密码，看得肚饱，甜酸苦辣皆到极致，好久没有这样痛快地看一本书了。

传闻中的张爱玲和桑弧，就是小说中的九莉和燕山。

燕山喃喃笑道：你这个人简直全是缺点，除了也许还省俭。

喜欢省俭的，是过日子的男人。细水长流、福禄双全，那是他的理想。张爱玲恰好不是过日子的女人，她当然也不是为了相夫教子来的。省俭，却是她生活在尘世里重要的印记。一开始当然是经济拮据，不得不节俭。但是后来她有了钱，也还是各种省事。她晚年在洛杉矶独居，房子里只有一张行军床，没有其他家具，书桌也只是一排纸箱而已。但其实又不是节俭，她死后各种存折合有32万之余。她是，不依赖任何外物。

只有爱，可以把她拖进尘世里。

遇见桑弧，是“从前错过的一个男孩子”为了找补一段初恋。他跟胡兰成不同。胡兰成太熟滑，桑弧是青涩、谨慎的。又恰好是在张爱玲青黄不接的非常时期，桑弧像一场细雨，让一条干涸的鱼又生出了希望。

桑弧是俗世里的凤凰，艺术领悟力很高。不然周信芳不会激赏他，他也不会瞄上张爱玲。但他又有极强的入世才能。这样一个英俊的有志向的男人，女人很容易就喜欢上了。

只是张爱玲的天赋高过了他的天花板。

她跟他去看电影，“灯光一暗，看见他聚精会神的侧影，内行的眼光射在银幕上，她也肃然起敬起来。像佩服一个电灯匠一样。”燕山的内行如同一个电灯匠，电灯匠那点活是九莉绝对做不到的。而对于电影还是其他艺术，九莉是俯视、透视、广角、全景。燕山还是匠人。

假如只是在艺术层面上彼此交合，那也是各取所需。偏偏又要谈情说爱。这点差距戳进生活里，燕山看九莉“简直全是缺点”。

"你从来都不化妆?"

于是她二十八岁开始搽粉。

有一天，两人看戏出来，燕山的脸色很难看。她取出小镜子来一照，在粉与霜下沁出油来。

燕山是场面上的人，九莉是单为他化妆。颇有情书错投之感。

燕山家里她只去过一次。那是个大家庭。客室墙上有只圆脸的电钟，他二哥做电钟生意。

"发明了时钟为什么又要电钟?"她不懂，感到无法理解。燕山忽然有所领悟，那些人之常情的客套和敷衍，她全不会。她只沉浸在自己的直觉思维里。他不禁觉得跟她在一起，有点恐怖。

他们合作的电影预演。

故事内容净化了，但是改得非常牵强。

九莉实在受不了，先走了。

燕山急了，把她拦在楼梯上，苦笑:"没怎样糟蹋你的东西呀!"

他是真急了，平时最小心谨慎的人，竟忘了形。

预演结束还要庆贺，编剧先走了。

导演未免难堪。

难怪都说她不懂处世之道。

她不是不懂，是不圆融不套路。

燕山拥着她，“嗳，你到底是好人坏人？”
九莉知道指的是汉奸的事。燕山又问了一遍。
九莉笑着说，“我当然是好人。”
燕山的眼里陡然闪出希望的光，她心里不禁皱眉。
对于政治的敏感是燕山安身立命之本。
九莉虽然冷漠，但深深感到了它的厉害。

若是常人，说不定分手时要各自撕咬一番。
他们是有风度的。
从来都保留余地。
任凭心里横一刀竖一刀戳将进来，都硬挺过去了。

没有谈婚论嫁，缺点再多，也能承欢。
但涉及婚嫁，再大牌的导演也退缩成了凡俗。

燕山结婚，还怕她大闹礼堂。
他来了，心神不定地绕着圈子踱来踱去。
九莉笑着打破沉默：预备什么时候结婚？
燕山笑道：“已经结了婚了。”
立刻有条河隔在他们中间汤汤流着。

他也听见了那河水声，脸色变了。

河水淹过来，淹过来，呛了一辈子。

你的安稳人生里，有过一个做过汉奸太太的女人。

燕山怎么也没料到，事情会演变成这个结果。

当年蓬矢桑弧意，岂为功名始读书。

真是讽刺。

只好不做声。

永远的沉默。

新娘子很美，九莉只见过她一张戏装照片，“她只看见他的头偎在另一个女人的胸前，她从那女人肩膀后面望下去，那角度就像是看她自己。三角形的乳房握在他手里，像一只红喙小白鸟，鸟的心脏在跳动，他吮吸着它的红嘴，他黑镜子一样的眼睛蒙上了一层红雾。”

黑纸白字，诗意的描绘。

这比大闹礼堂优雅多了。

“雨声潺潺，像住在溪边，宁愿天天下雨，以为你是因为下雨不来。”

九莉许下的这场雨，竟然没有停过。

燕山躲了一辈子。

九莉笑道：“我像镂空纱，全是缺点组成的。”

一段镂空纱，每一个缺点里都照见世人的规矩、稳妥、保守、自利、怯懦。

这个满是缺点的女人，镂空纱一般充满风情和景致。

二十二岁缘定胡兰成，二十八岁遇见桑弧，三十六岁再嫁赖雅。三个男人都是才子，文艺界的另类。中西通吃，张爱玲的女性魅力，不输给文字。

她没有女孩子的痴怨嗔癫，不会哭天喊地作践自己。也不屑女人的伎俩和手段，她把虚荣心和欲望拿掉了还是活得很好。胡兰成后来说过，他要向女人学习，向张爱玲学习。那是熟谙女人的男人最精辟的感悟。

《小团圆》的结尾有一个美梦。

她梦见了胡兰成，醒来后，快乐了很久很久。

因为他们一起生活过，她喜欢人生。

没觉得张爱玲苍凉，只觉得她够恣意，够坦荡。

遇见她，很快乐，很快乐。

财迷张爱玲如是说

为什么说她是财迷?

第一，她周岁时按旧俗去“抓周”，拿的是钱，“好像是个小金镑吧”。从小她似乎就很喜欢钱，坚信自己是个拜金主义者。(出自《童言无忌》)

第二，她与她姑姑分房而居，两人锱铢必较。她与炎樱难得一同上街去咖啡店吃点心，亦必先言明谁付账。(胡兰成《民国女子》)

第三，她对胡兰成言，“我姑姑说我财迷”。

张爱玲在银钱上喜欢两讫，像刀截得分明。

她说自己是财迷，说着笑起来，她很开心。

胡兰成形容她，“爱玲的一钱如命，使我想起小时正月初一用红头绳编起一串压岁钱，都是康熙道光的白亮铜钱，亦有这种喜悦。”

这样笑靥如花干脆响亮地称自己是“财迷”、拜金主义者，比彷徨无助沉郁顿挫地“劝君看取名利场，今古梦茫茫”，感觉爽朗多了。

听财迷张爱玲谈钱，更有惊世言。

1. 我喜欢钱，因为我没吃过钱的苦——小苦虽然经验到一些，和人家真吃过苦的比起来实在不算什么——不知道钱的坏处，只知道钱的好处。

这句话分三个意思理解。

第一，我喜欢钱。

第二，不知道钱的坏处。

“钱的坏处”，这个意思有点高，大部分人或许体会不到。不是对穷人说的那种“有钱人都不快乐”的慰藉。而是佛寺庙门前的豪车里走下来灵修忏悔的香客，或者安于一隅身家过亿的沉默老头，他们可能略知一二。

第三，只知道钱的好处。

说到“钱的好处”，想起最近的一篇微文《有钱人的快乐你根本不知道》。里面列了一张财务自由表。

简要说，从初段到九段，所谓的财务自由就是“想买什么买什么，想吃什么吃什么，想做什么做什么，甚至想要哪个国家作国籍就哪个国家”。一句话，就是“想怎样就怎样”。

吓我一跳。想怎样就怎样，一点不用动脑筋了，这不是猪吗？那么有钱人的快乐＝猪的快乐，有钱人＝猪。这是钱多人傻吗？

按照这个九段观点，那么无国籍人士可以算最高段位了。你连根都没有了，你如何向人解说你是谁。孙大圣还跳不出如来的掌心呢，它还有一个花果山可以留恋回归，你这么自由就滞留在机场吧，永远看着世人来来往往归去来兮纵横天涯。

人之所以区别于其他生物，就是会思考和有感情。失去思考的快乐和七情六欲五味的人生还有意思吗，这哪里是有钱的快乐，分明是作死的节奏。

这不是自由，是肆意。是无边际的臆想。除了莫名的兴奋，里面什么也没有。有钱当然是快乐的，但一定不是这样的九段迷魂汤。

张爱玲说，“生平第一次赚钱，是在中学时代，画了一张漫画投到英文《大美晚报》上，报馆里给了我五块钱，我立刻去买了一支小号的丹琪唇膏。”

初看觉得她也很俗。

比较一下你的第一笔稿费，你买了什么？一定是书或与之有关的东西。还有就如张爱玲的母亲说的，把那张钞票做个纪念。

张爱玲不以为然，“我不像她那么富有情感。对于我，钱就是钱，可以买到各种我所想要的东西。”这似乎就是有钱可以想买什么就买什么。区别是“你想买什么”，也就是你喜欢的是什么，给你带来愉悦的是什么？

张爱玲，她要的是丹琪唇膏。

她母亲，选择的留下来在手里的是钞票本身。

这样看，如果有钱了，

张爱玲会去买那些喜欢的东西。

她母亲，会不会买来买去就是一个有钱要酷的感觉？

感觉好不好，问问有钱人吃过的苦，滋味怎样？

2. 能够爱一个人爱到问他拿零用钱的程度，那是严格的试验。

很瘆人的一句话，关于爱和钱的关系。

张爱玲直到胡兰成交给她很大一笔钱时才和姑姑相视一笑，胡兰成也从此可以堂而皇之在她家里留饭留宿了。两人分手时，张爱玲给了胡兰成很大一笔钱，情钱两讫，一刀两断。有点像英语中的“truncate table”，比“delete”速度快，清空选项，干脆利索。论分手戏，没有比张爱玲演得更好的。

张胡之间的感情肯定与钱无关，但她用钱来定义关系的开始和终结，是她的理智，更是她的直觉。她也是个小女生，贪爱，世俗。但她不会欺骗自己，也不占别人便宜。她只是看得到钱的诚意和决断。

她母亲临终时想见她一面，她考虑到机票费用太大，终还是没有去。

她在台湾交流访问，赖雅担心她一去不回，几次写信叫她回去。尽管在美国发展前景渺茫，她还是立即终止行程，返回美国。

她和母亲的关系，源于罗曼蒂克的爱，终于问母亲拿钱引起的那些“琐屑的难堪”和“窘境”，后来她补偿了母亲一笔钱。黄逸梵颇伤心，张爱玲却如释重负。她很孩子气的，也很无情。

至于赖雅中风之后，她任劳任怨伺候他终老，亦没有当回事。一切都是应当如此。他们之间有平常夫妻的真意。贫贱无所谓，但态度可贵。

爱一个人爱到问他拿零用钱的过程，是可以一点一点毁了罗曼蒂克的爱的。

张爱玲用了“试验”这个词。

听着也很有心机。

两个人在一起缘分很重要，但是离开的时机不够恰当，也是不行的。这里便是你被爱还是被恨的拐点了。每个人对钱都是敏感的，如果不是特别无奈的关系，在零用钱的时候试验失败，这个时候转身还能留有一丝余温。晚了，再晚了，就会沾一身恶臭了。

3. 关于职业女性：

苏青：我自己看看，房间里每一样东西，连一粒钉，也是我自己买的。可是，这又有什么快乐可言呢？

张爱玲：这是至理名言，多回味几遍，方才觉得其中的苍凉。

一位女士挺着胸脯说：我从十七岁起养活我自己，到今年三十一岁，没用过一个男人的钱。

张爱玲：仿佛是很值得自傲的，然而也近于负气吧？

苏青是因离婚被迫自谋生路的，她即便是在一切到了最好最风光的时候也能坦然面对内心，她清楚这里面是有不快乐的。张爱玲欣赏的就是苏青的真实。

对另一个骄傲的女士，张爱玲只用了“负气”两字。足够的犀利。

一个女人有本事有了钱，拼命地买包买衣服买各种艺术品。看到她每天必须对着一堆时尚前沿的名品才能吸足阳气开始工作，不让人心疼吗。谋生为什么不谋爱，也许你练就的是生存的本事而不是爱的能力。如果有人爱，为什么不可以粗茶淡饭简衣素行敛容屏气吐纳身心。在你颓丧无助时，还可以听他讲一声，我养你。

天才中，她是活得最好的一个

春天的下午难免犯困，这个时候可以翻《流言》："夏天的日子一连串烧下去，雪亮，绝细的一根线，烧得要断了，又给细细的蝉声连了起来，'吱呀，吱呀，吱……'"遇到这样的句子瞬间就眼白清亮了。用形象或者绝妙来夸赞她的这些比喻句都是轻浮的，那是一种彻底让人气馁的才思。

横空出世的张爱玲，难道她是石头缝里蹦出来的，一点承继的影子都没有吗？把夏天比作线，唐诗宋词里似乎是没有的，倒是想到一句"袅晴丝吹来闲庭院，摇漾春如线"，汤显祖这一句春景也是神来之笔，多少年来没人能准确翻成白话，张小姐译出来了，而且接下去了，就像现在的上海，樱花还在枝头盛装，长袖已不能随舞，一转眼就到了初夏，眼看着直达热辣的盛夏，一根越来越薄的线，颤巍巍地欲断不断，站在枝头的蝉声嘶力竭、大惊小怪着，树下走过一个个混沌乏力的人……

遇到这样的女人，做啥事也不用急了。

你文字好，好得过张爱玲吗！

我是随便翻的。《烬余录》：“战争开始的时候，港大的学生大都乐得欢蹦乱跳。因为十二月八日正是大考的第一天，平白地免考是千载难逢的盛事。”千万别跳过去啊，这是张小姐石破天惊的又一处。你再读一下，“战争开始的时候……”所有描写战争来临时的思维定势在这一句面前被耻笑得体无完肤。这篇文字原载于1944年2月的上海《天地》，距离港战两年。张爱玲当时说“香港之战予我的印象几乎完全限于一些不相干的事情”。现在我们逐渐才意识到“凡人与战争就是这点联系”，而时间已过了六七十年。直到几年前我才看到评论界有关于张爱玲在战争题材方面的文学史意义的评论。

港战爆发后她在大学堂临时医院做看护，有个得了蚀烂症的垂死病人，痛苦到了极点，她说：“我不理，我是一个不负责任的，没良心的看护。我恨这个人……这个人死的那天我们大家欢欣鼓舞。”你如果在医院待过，一定会多次目睹这样的生死场景。说她无情冷酷的很容易暴露你的年龄和阅历。

“他看着他的妻，结了婚八年，还是像什么事都没经过似的，空洞白净，永远如此。”

有人说看到这句话很好笑，第一，张爱玲不会和白玫瑰这样的“普通人”做朋友。第二，任何一个人漫长到八年，有一个七岁女儿的婚姻，其中都有一堆挣扎、渴求、悲悯、爱怜、仇恨。

我不觉得好笑。第一，张爱玲的确不会和白玫瑰做朋友，因为她木讷迟钝负气无趣。参考一下张为什么能和炎樱做朋友，主要是这个印度籍女孩不仅会说俏皮话，还有着令人吃惊的思想。和所有正常人一样，她们之间有话讲才是关键。后来为什么她们又不联系了？炎樱问张爱玲为什么不理她，张回答，“你老和我说从前的事情，好像我是个死人。”实际上是炎樱停止向前了。

第二，女人的成熟多凭遇到的男人。如果这个男人不爱她而又结了婚又尽责，那么八年如一张白纸是完全有可能的。以振保的能力和八面玲珑，白玫瑰基本上无忧无惊地过着一个少奶奶平静乏味的生活。而张爱玲的审视绝不会就到这里，她接下去告诉你白玫瑰也会出轨，而振保发现后首先不是崩溃，而是完全不能理解。“空洞白净”就是他无爱和自负的错觉。张爱玲对人物的心理刻画和揭示如李广之箭，“平明寻白羽，没在石棱中”，力量大得惊人。

为什么她写的都是些负能量的人？

“那暴躁的二房东太太，斗鸡眼突出像两只自来水龙头，那少奶奶，整个的头与颈便是理发店的电器吹风管；像狮子又像狗的，蹲踞着的有传染病的妓女，衣裳底下露出红丝袜的尽头和吊带袜。”

我觉得关键是张爱玲是个没有一点幻想力的女人。

生活中有多少美的东西是加了滤镜和夸大的想象而来的。但她的比喻无一不来自生活中的真实场景。她和所有普通人一样对俗世充满热情和好奇心，但人群里的富贵、光环、正大和美都被她直接勾连到那些实际上叫做真相、荒诞、滑稽、贪婪的东西。她出生于一个不断沉下去的豪门世族，她写这里面的挣扎、压抑、虐恋、变态不是很正常吗？一切都是由环境决定的，都是不一样的人生，“世人原谅瓦格涅的疏狂”，也应该原谅她。

为什么张爱玲后期没有作品？

“我认为文人该是园里的一棵树，天生在那里的，根深蒂固，越往上长，眼界越宽，看得更远。要往别处发展，也未尝不可以，风吹了种子，播送到远方，另生出一棵树，可是那到底是很艰难的事。”

这篇文字写于1944年，张小姐还在全盛期。如今读来如梦初醒，天才早把自己的一生都看明白了。如同上说，张爱玲经历了原生地大树的成长和发展的过程，并被风吹播到远方，能不能生出另一棵树取决于异地的土壤。也不是谁说的她走不到生活里去，她在美国待了大半辈子，难道不是生活？只是那一部分始终水土不服。她还说过“如果是个文人，他自然会把他想到的一切写出来。他写所能够写的，无所谓应当”。她写过赖雅和他女儿一家的故事，她每天都读报看新闻欣赏美式的侦探小说，依然有隽语为极少的朋友知晓。她对生活始终是保持兴趣的，1991 年听到三毛自杀时，她摇摇头，认为完全没必要。她享受并发展自己的天分，与后期有没有传世的作品没有关系。结果是天定的，是某地攀不上她。但她本人安然寿终足以证明，在天才中，她是活得最好的一个。

张爱玲是不是一流的作家？

你只要慢慢地看，一篇也别落下，你就服了。

张爱玲写闷骚，不过这几笔

很多人提起张爱玲，都会聊起《倾城之恋》，聊到流苏。

我看懂的不多，只觉得这个女人真实而有趣，其中有一点，拿现在的话来说，就叫闷骚。

流苏意识到她已经不再年轻的时候，第一个反应，是“突然叫了一声，开了灯，扑在穿衣镜上，端详她自己”。“还好，她还不怎么老。”她立刻松弛了下来。是的，离了婚，钱也用完了，还借居在娘家。连狗都嫌的她唯一靠得住的只有一张脸了。好在这张脸，从原来的“白得像瓷，现在由瓷变为玉——半透明的轻青的玉”，还有一双娇滴滴、滴滴娇的清水眼。

有了这基本的三样：纤腰、玉肤、媚眼，流苏就重新拾起了信心，她下意识地“不由得偏着头，微微飞了个眼风，做了个手势”。她向左走了几步，向右走了几步。“她忽然笑了——阴阴的，不怀好意的一笑。”

你可以看到流苏的“一个眼风，一个手势”，听到她阴阴的，不怀好意的一笑。这样的女人，你还会认为她是傻的吗？

这样的女人，是懂得容颜的魅力的，而且还是诱惑性的那种。

闷骚的女人，大多是美的，或者是她的自我感觉不错。

一个眼风

“眼风”，即抛媚眼。但若是一个女人对一个男人有意“丢了一个眼风”，那可是会让男人记挂一辈子的。

《红楼梦》的贾雨村念念不忘娇杏，只是因为当年娇杏丫头看了他一眼。这当然不是一般的看，就是“一个充满深意的眼风”，里面传达出的一个小女子对这个男人的仰慕、肯定和情意，否则见利忘义的贾大人何以念念不忘那么多年。

再看《艺妓回忆录》中，真美羽培养小百合成为顶级艺妓，其中有个练习，要求仅用一个眼神，便把男人捕获。电影中，小百合走在街上，微微一偏头，故意朝旁边骑车的陌生男子看了一眼，男子立时从车上栽了下来。这便是一位顶级艺妓必须具备的勾魂一瞥。

流苏在一个旧家族里长大，接受的是传统淑女的教育。所以她当然不会像交际花那样嬉笑怒骂，放浪在表面。但她心里有数，男人喜欢她，她该如何回应，自有她驾轻就熟的一面。

两人在香港第一次见面，面对范柳原的直爽，她只是“向他笑了一笑”。跳舞时讲到好女人还是老实些的好，她“瞟了他一眼”；当旁人不明就里称呼她“范太太”时，她皱着眉向他“睃了一眼”。第二次去香港，在码头上，她红了脸，“白了他一眼”。

就是这样，话不多的她，每次都有一个不同的眼神，但是准确、到位，恰到好处。一眼之下，范柳原愈加迷恋上了她。

一个会用眼睛说话的女人，男人是会为她疯狂的。

闷骚的女人都明白“一个眼风”的深意。这是一个女人最简单又复杂、含蓄又直接、文雅又风骚的调情基本功。

一个手势

阳台上的胡琴传到屋子里，心情平复的流苏，对着镜子“飞了一个眼风，做了个手势”，向左走了几步，又向右走了几步。每一步都像是合着失传了的古代的音乐的节拍。

范柳原说，“你有许多小动作，有一种罗曼蒂克的气氛，很像唱京戏。”

女人的内心里大概都住着个狐狸精。而传统的戏曲和传统文化诸如昆曲中的身段、京戏中的唱念，无一不是在温婉柔媚中渗透千般韵致，万种风情。“一个眼风，一个手势”让流苏浑身散发着迷人的风情。这种几百年沉淀下来的古典式样，不仅女人喜欢，从小在异乡长大的华人也是极其痴迷的。所以当流苏叹了口气说：我不过是一个过了时的人罢了。范柳原却由衷地赞叹道：“真正的中国女人是世界上最美的，永远不会过了时。”

有些女人看上去很安静，但她们会留意、揣摩一些小动作，时间一长，成了她们多年来的心得，下意识间就会表露出来。凭此，你可以一眼区分出来她是不是闷骚，似乎这方面男人特别有鉴赏力。

一低头

对于眉飞色舞、口吐莲花、袅娜生风的红玫瑰之流来说，擅长眼风、小动作的流苏，低头不语，是她最迷人的时刻。

流苏低头不语，范柳原笑道：“你知道么？你的特长是低头。”

流苏起初，只是因为传统的教养让她显得矜持，矜持中还有三分木讷。没曾想，这一种极具传统女性特色的低头不语，成了另一种更加迷人的风致：“她不由得想到她自己的月光中的脸，那娇脆的轮廓，眉与眼，美得不近情理，美得渺茫，她缓缓垂下头去。”

这种低头不语，比巧言令色更具杀伤力。范柳原一方面爱跟流苏斗嘴调情，一方面最爱流苏低头不语。而流苏也深深明白，她一低头，范柳原的情欲反而更浓了，那种痴迷的情景，流苏不看也明白。所以，后来，干脆成了一种刻意，刻意地，时不时地低头不语。范柳原更加痴绝、得意，她不仅美，而且听话。这正是所谓的传统女性最大的魅力。

之所以说流苏闷骚，是因为她懂得如何取悦男人。尤其明白，美而不张扬，低头不语也能尽得风流。

一个眼风，一个手势，然后，低下头来，落下泪来。

张爱玲写闷骚，不过这几笔。

中年恋俗，享受张爱玲

《十八春》，我最喜欢看这段，百看不厌的。世钧和曼桢重逢这一天，真的我比他们还紧张还感动，那之前所有的误解就要解除了，吃过的苦流过的泪也可以补偿了，多令人喜极而泣的一刻。

1. 曼桢站在房门口，也呆住了，（这个逗号太给力了，一秒钟的停顿切入数年的轮回，胜过千言万语。接下来更加动人）……满地的斜阳，那阳光从竹帘子里筛进来，风吹着帘子，地板上一条条金黄色老虎纹似的光影便晃晃悠悠的，晃得人眼花。

忍不住闭上眼睛默念了一遍又一遍，句子简略，落音哽咽。人、景、物以及里面的力度、温度、情意都涌出来了。

两个人谁也没想到会在，此时此刻，久别重逢。

曼桢走进房间坐了下来，房间里再次出现非常静寂的一刹那，“许太太拿起芭蕉扇来摇着，偏是那把扇子有点毛病，扇柄快折断了，扇一下，就吱一响，那极轻微的响声也可以听得很清楚”。

这段回头默一遍，那把快散架的蒲扇带点喜剧色彩，评论家会说以乐景写哀景，我觉得都有，正是这样悲喜交加的场景。这坐当中的许太太就算再木讷也会被两人之间暗自滔滔的水流淹没了。

这两处且写且停，节奏恰到好处。曾经的波澜起伏被岁月渐渐抚平而变得越来越沉静的当口突然惊现出口，一条细流缓缓漫延开来，全身的经脉屏住了呼吸，都在细细聆听。那把芭蕉扇“吱”的一响，心里就那么一松。时光兀自走了一会又回来了。

太紧张了，歇口气，我也插一段：芭蕉扇，蒲扇，简直有点时光错乱的感觉。老上海小辰光夏末的一切都回来了。那个时候我还小，对门有个姐姐很会讲故事，我看到她一出门就会缠着她，后来她家常来个哥哥，她就把门关起来，不再敷衍我们这些小孩了。

2. 两人一同走了出来。一到外面，马上沉默下来了。默默地并排走着，半晌……越往前走越热闹，人行道上熙来攘往，不但挥汗如雨，有人一面走一面吮着棒冰，那棒冰的溶液挥洒在别人的手臂上，倒是冰凉的，像几点冷雨。

这一处的时间是流动的也是静止的，同样精炼到肌肤的细微触觉以及忽冷忽热的内外交替，同时浮上来的还有些许颤栗。只是那样的比喻“棒冰的溶液冰凉的，像几点冷雨”，只有张爱玲一支飞来神笔。

3. 前面刚巧就是一家广东小吃店，天已经黑了，离吃饭的时候却还早，里面简直没有什么人……他们这张桌子靠近后窗，窗外黑洞洞的是一个小天井，穿堂风很大，把那淡绿布窗帘吹得飘飘的。

这是第三次停下来展现时间和空间。

在他们的身后黑洞洞的小天井里能不能吞没曾经的一切苦难，穿堂风那么大，是在哭诉中急速地穿越过往吗？有的委屈、难堪、尴尬就这样被掩饰过了。淡绿色的布窗帘“飘飘的”，是简直听得到那时那地的风声，是不甘心青春一去不复返吗？不是什么意象那样无情无义的术语，一切景适人意，此间相逢万般应景。

4. 世钧忽然注意到她手上有很深的一条疤痕……她忽然

脸上罩上了一层阴影……就是那天夜里，在祝家，她大声叫喊着没有人应，急得把玻璃窗砸碎了，所以把手割破了。

谜底就这样沉重、缓慢、苦涩、骤然而悲愤地揭开了。

然而知道内中真相的同时，时间已经过去了很久很久，“知道与不知道也没有多大分别了”。甚至长到曼桢已经原谅了所有伤害过她的人，一个一个都轻描淡写过了。

无关悲欢，中年人的心态和场景就是忽然发现是座空房子，转身离开时，却有一群孩子跟着跑出来，一阵杯倾筷倒的狼藉声和笑声。然后，然后连笑声也没有了，只留下一张张定格的笑脸，像超市楼梯口贴着的一张巨大的广告纸叫人无动于衷。

最后，曼桢越说越快，“因此这些年来境况一直非常窘迫”。

世钧：那你现在怎么样？钱够用吗？

我倒噗嗤笑出来。爱玲最恋俗，绝不至于溺在故事里，不管它多么浪漫或悲壮，总要回到现实里，现实总不过是钱和债。

5. 他们吃了饭出来了，在站台上等电车……时间仿佛停住了，那电车远远地开驶过来，却已经到了跟前，灯火通明的，又开走了。她也走了，只剩他一个人站在站台上。

最后，时间终于自己跳出来，它猛然拍了一下世钧的肩膀。仿佛它也不忍不肯让世钧傻傻地呆在原地无法醒转。

一次重逢，五次定格。时间就这样被巨细无遗记录下来。

你的爱和欲越纯粹，你的痛和乐就越多，你的时间就越清晰。

昨天跑很远去看海，一直坐到黄昏，夕阳却始终不露面，这两个月有两次都坐在最佳的观景台上，两次却都铩羽而归。回来时，天边倒炸出巨大的蘑菇云还有一层灼灼其艳的金光，云淡了散了，金边却依然鲜亮，浓重、深冷，像是从哪里克制着一股蓬勃的力量。想不到是这样的形态，诗云：倬彼云汉，昭回于天。总是有点禁忌的。

生活里有些场景是会自动定格。不管过了多久不管在哪里，你都会记得。

回来累觉，醒来翻书，久而得轻松。

中年，可以拥有如此恬静的时光，恋游俗世，享受痛与乐，享受张爱玲。

张爱玲，《诗经》亦是服她的

张爱玲很少买书，她房里也不堆书，胡兰成带给她《诗经》《乐府诗》、李义山诗集，她看过即刻归还。即便是她喜欢的书，你送给她，她也是不收的。书，对于她而言，看过即可以丢开的。你以为她只是泛泛而读，不是。随意聊上几句，比如《诗经》，她的一言半语亦是惊人的。

一

胡兰成自认为在中国古书上可以向她逞能，于是两个人并坐同看一本书，读《诗经》，“我当她未必喜欢《大雅》。”有一篇他只念了开头两句“倬彼云汉，昭回于天”，张爱玲一惊，“啊！真真的是大旱年岁。”

“倬彼云汉，昭回于天”出自《大雅·云汉》。

《云汉》，八章、长诗，字词拗口、读通不易。

第一句“倬彼云汉，昭回于天”，就不好理解。

倬：大。（音卓）

云汉：银河。

昭：光。

回：转。

这句话的字面意思是：银河无边，光亮流转，天空澄澈。

一般普通人的理解到这里。

从读通到理解，已经比较吃力。

古代的天象学家读了，理解更专业些：夜晴则天河明，此方旱之象。

从天象学专业的角度，发现这不仅是写景，而是显现了大地干旱之象。

在此基础上，文学大师们再指出，这是夸饰手法的运用。

“倬彼云汉”，夜晴则天河明，此方旱之象。“昭回于天”，又暗示出仰望之久。久旱而望甘霖者，己所渴望见者无，己所不愿见者现，其心情的痛苦无奈可想而知。毫无雨兆，还得继续受此大旱之苦，于是又顺理成章地推出：“王曰於乎，何辜今之人！”所以，开篇这摹景之句不仅写出了方旱之象，同时表达了诗人近乎绝望的心理。

因此，“倬彼云汉，昭回于天”这句诗的正确理解是，天呈大旱之象，世人求雨心切。

从读通到理解，到专业的眼光，到更专业的文学性解读，这里面有三个层次。一层比一层深入、丰富、全面，其中需要多少知识储备、艺术感悟、专业素养。简单八个字的解读背后，都是数年的积累和心力。

所有这些费心费力的过程，张爱玲似乎都轻巧地滑过了。她只待胡兰成坐在她身边，轻轻读两句，她听到了便霎时顿悟过来，从温柔乡里猛然醒了一下，心里一惊："啊！真真的是大旱年岁。"

张爱玲的天分便是与文字无隔。不管多么久远、生疏、含蓄或含糊的诗词章句，一经她的眼，她的耳，便如同在街上遇见熟人和她打招呼一般。而我们也在街上，但却是拿着扫帚的清洁工。《诗经》仿若名士，他只认得张爱玲，我们只是偶尔扫过他们脚下的落叶。

二

我与爱玲两人并坐着看《诗经》，这里也是"既见君子"，那里也是"邂逅相见"，她很高兴，说：怎么这样容易就见着了！

“既见君子”出自《郑风·风雨》。

既见君子，云胡不喜。

这是《诗经》中最美的情话之一，历来被人喜爱，传颂。

有说喜出望外，溢于言表的；有说相见之后，载笑载言的；有说哀景写乐，倍增其情的。

“邂逅相见”，《诗经》好几首诗里都有。

有美一人，清扬婉兮。邂逅相遇，适我愿兮。出自《野有蔓草》。

今夕何夕，见此邂逅。子兮子兮，如此邂逅何！出自《绸缪》。

有说邂逅相遇，一眼万年的；有说新婚缠绵，情投意合的；有说良辰美景，才子佳人的。

但是没有人说，这么多的“既见君子、邂逅相见”，怎么这样容易就见着了。

张爱玲说得高兴，高兴地说，颇具反讽之意，我不由潸然。

是啊，哪有那么多、那么好的君子、良人，不早不晚，恰好与你邂逅。不管是风雨如晦，还是三星在天，一生一世一双人，想着想着就到了眼前，就入了洞房，真是简单、幸福、完美。果真如此吗？

关于《诗经》的注解，几乎所有人都在前辈的窠臼里翻来覆去，读的同时落入评的俗套里，还自以为读懂、读通、读对了。其实都是半梦半醒的，像是失眠时的辗转反侧，从未倾听过自己的声音。唯独张爱玲语出惊人，心有灵犀，叫人若有所悟，也叫人自惭形秽，叫人几乎丧失了读书的兴趣。在张爱玲这里，你可以重新看到自己和天地万物。有这样的天才，世上的读书人只能回家卖红薯也不算冤枉。

张爱玲的天分到底有多深，自诩古文方面可以跟她显摆一下的胡兰成说，《诗经》亦是服她的。

关于文艺和自由，你先看看她

隔了这一段时间没写，有点生疏。我也有说乏了的时候，但每次默然念起，依旧如眺望大海，充满神奇的力量。

先说说她的文艺范儿。

“三十年前的月亮该是铜钱大的一个红黄的湿晕，像朵云轩信笺上落了一滴泪珠。”

信笺就信笺吧，偏偏还是朵云轩的。这个定语加的很文艺。朵云轩是上海一家书画拍卖行，但它建于光绪二十六年，初营文房四宝，后来诗笺信纸、书画篆刻都很有名。另外“朵云轩”三个字古雅别致，任谁念了都温润满口，余香扑鼻。月亮、铜钱、朵云轩，这几个意象加在一起，《金锁记》的这句开头一下子就把人带到古中国的情调里了。

从这里起，她就被无可替代地成了文艺范的祖奶奶。像这样情致婉约的词句，在她的作品中纷纷散落，形成一种绮丽的风格，犹如中国古典服饰中的镶滚包钉盘镂不厌其烦层层精细，那一种繁丽精致就叫张氏语言。

语言之外，她落到世间，“她是真会穿了前清的缎袄，三滚七镶盘花纽襻，大袖翩翩走在华灯初上的霞飞路上”。她和炎樱一起设计的衣服“如同博物院的名画到处走，遍体森森然飘飘欲仙，完全不管别人的观感”。从小说到生活，她就这样任由自己迷失在旧年的繁华里。木心笑她“才气发作，一路地成了瑕疵，好像在做弥撒时忽然嗑起西瓜子来”。这话酸，且还是学张范的，又学得挺别扭的。

文艺理论家都反对词语堆砌，但似乎唯独她使得。她就像灵魂的接力棒一样一把接过古典文化的精髓，一身珠玉少年游，无羁无绊风光一时。路向又没错，身心又干净，还有比这更迷人的吗?

为什么木心认为这是瑕疵?如果是，也很可爱，你可以看到她的喜好、走神、不一本正经的样子，总之，不顾既定章法的做法都有点新鲜有趣。而且，也完全不影响小说的效果。这样只让人徒生嫉妒，这些充满小瑕疵的作品带着多么从容和轻松的心情呢。反过来，那些努力没有瑕疵的大家作品也不怎么样嘛。

她的文艺是喜欢，是简单的穷尽了趣味的喜欢，是“永远对颜色感到饥渴”，“对于音符、字眼极为敏感”，“气味常常使我快乐”。这种简单的趣味完全发自本性，是很个人的一种深入体验。她知道自己“懂得怎么看七月巧云，享受微风中的藤椅，从双层公共汽车上伸出手摘树巅的绿叶”，她也清楚生活的另一部分艺术，是她无法领略的。因此即便被人当作文艺范，她也没有故作姿态，扭捏着出来晒世界，只是更加恣性，更加投入，直到“在没有人与人交接的场合，充满了生命的欢悦”。凡是能到这一层的人无不受尽上天眷顾。

其次说说她的自由。

蔡康永说：“‘出名要趁早’，每当看到有人引用她这句名言，我就想为什么？她的人生很棒吗？她的人生糟糕透了。”

她的人生故事已经说厌了。我感慨的是 1967 年赖雅病逝后，她是如何一个人走完最后的岁月的。从 1967 年 4 月到 1995 年 9 月 8 日，将近三十年，这么长的时段，什么翻天覆地的变化都有了。她呢，一个人，租着房子，深居简出，不与人交往，不养猫养狗，但从未失去生活能力，并始终保持着对外部世界的敏感度。比如“房东女儿很漂亮、洛杉矶的煤气大楼够美”以及后期对美国的侦探小说很感兴趣。另外有关她的文稿、遗嘱、执行人一切事宜都有提前准备。最后躺在床上时，她的所有证件放在塑料袋里搁在桌子上，连死都那么有条不紊的人，这能是“糟糕”的人生吗？对于困在制度里或其他各种人事烦扰和束缚的人来讲，她是太自由了。

文艺最忌讳的就是去学，别人捧着书在咖啡馆阅读，你也带了书去了，结果一直玩手机。尤其是当它群体化公式化，甚至成为可以去表演的剧本，做出来总有点怪。

前阵子去看《七十七天》，回来后比对了一部《攀登梅鲁峰》。

之所以扯上《七十七天》是因为它讲到了文艺青年的信仰和渴望自由的命题。一个美丽的客栈女老板因为一次仰望冈仁波齐的繁星而不幸从高处摔了下来。另一个男文青明确表达了要按自己的意愿生活，于是舍命穿越无人区，经历磨难，拯救灵魂。如果活下来，再回到红尘好好过日子。

这是什么逻辑？

先逃避，再屈服？

《七十七天》横穿羌塘无人区是个壮举，过程无比凶险，一旦成功已经无可比拟，硬扯上一段男女和不太明白的人生故事就显得多余了。美国的《攀登梅鲁峰》就拍得很真实，三个精英登山者本身的经历和不懈努力已经很说明问题了，绝对不需要江一燕那样的美女压阵，另外，他们的不平凡注定身后的女人同样也了不起。突破极限挑战自我，这种运动本身是很有魅力的，当你有所体悟之后，你就会理解并支持，并非是人生出了什么问题。

张爱玲将近三十年离群索居，不予不求。在她的无人区里，从容安静，卓立坚韧，也是非常罕见的。她的避世其实只是避人，在她看来，人与人交往多是麻烦。她不喜欢和

“唯利是图”的人打交道，如果她不想找人，没有人可以联络到她。同样，凡是世人热衷的，诸如房产、声色、名利，她如果没有兴趣，没有任何人、思想、坑洞可以影响到她。她获取的生活自由，仿佛打通了三界大门，暖日晴风，通透舒畅。有人分析她是跳出了宿命的轮回，也有人说她只是过一种朴素的作家生活。她那种关于生活的智慧真不是一般人可说清楚的。如果她能在无人区自由自在，安然而过，那么你也不必担心，她就是仰着头微笑着面对你的人，有她指引，前方没有黑路。

不媚世，是最从容的断离舍

林式同是张爱玲的遗嘱执行人，最后的十年左右，他是唯一近距离接触过她的人。从他的回忆里，你看到是一个天才女作家最从容的断离舍。

林式同是个商人，不知张爱玲为何人。

1983 年，他经朋友托付，照顾一下晚年的张爱玲。第一次他去送信，约好见面。他开车四十多分钟，路上还吃了个罚单。到了张爱玲门口，她缓声细语请他把信摆在门口就回去吧。

林式同心里满不是滋味，事后才忆起朋友提及过她的性格，这才有点领会到“特别”来。

隔了一年左右，1985 年 4 月，张爱玲要求见一见林式同。林式同觉得很突然，张爱玲也许是深思熟虑的。张爱玲离群索居，浑然忘世，有自己的行事逻辑。即便破除约定，也要遵循她自己的生活轨迹。她也会有一丝歉意，即便仅仅一点，她其实也很珍惜。

一、断

第一次正式会面，两人约在汽车旅馆的办公室内。打了招呼之后，她马上在那张能避过旅社经理视线的椅子上坐了下来。林式同说：“唔，你可真是一位隐士。”张爱玲笑着没有回答。林式同注意到她一直在避免旅社经理的视线，“这经理是中国人吧？”张爱玲还是笑着没有回答。

林式同当然是有着世人的敏锐和周旋的能力。可惜与张爱玲谈话一再被中断。他当时不知道她一生避之不及的就是人与人之间感应的烦恼。不予不欠是她的人情往来。比如她说的那只乌云盖雪的猫，在屋顶上走过，又出现在阳台外面，沿着栏杆慢慢走过来，不朝左看，也不朝右看，它归它慢慢走过去了。生命自顾自走过去了。

她这是遇到人世，笑一笑，也过去了。

至于何为隐士，这个话题，我想张爱玲没有合适的对谈者。

二、离

那天她“头上包着一幅灰色的方巾，身上罩着一件近乎灰色的宽大的灯笼衣，脚上套了一双浴室用的拖鞋”。张爱玲的遗物里有不少衣服，看起来都很新。鞋子虽也有很多，但都是这种浴用的胶底拖鞋，脏了就丢的一次性鞋子。于衣服上，她不失女人的本性。于鞋子，她早年说过绣花鞋，“连鞋底上也满布着繁缛的图案，高底的边缘也充塞着密密的花纹”是有闲阶级的一贯态度。大概是看透了这里面的可笑心思。

整个会面过程没有超过五分钟。直到1995年张爱玲离世，整整十年，作为遗嘱执行人的林式同，和张爱玲像平常人那样坐下来聊聊的，只有这一次，不到五分钟。这之后，两人电话信件往来不断。极俭，但不缺乏信任。

有一天，在电话上谈着谈着，她不觉动情，说了声，“我很喜欢和你聊天。”

林式同习惯性地回了一句，“为什么？”

谈话中断了。

很自然的一问一答，却有迥然不同的世界观。张爱玲的喜欢，有天真的女儿态。林式同的“为什么”，有商人的机敏和思维惯性。俗人嘴里的喜欢，总意味着保留和占有。但张爱玲有天性的好看和好听的特点，不受任何规范或世情的拘束。她只是顺流而下，逆流则转。张爱玲才是水做的女子。

三、舍

晚年张爱玲一直在搬家。林式同帮她找房子。这是他归纳出的租房条件：

1. 单人房（小的最好）
2. 有浴室
3. 有冰箱（没有也行）
4. 没炉灶
5. 没家具（有也行）
6. 房子相当新，没虫
7. 除了海边（避虫蚁）之外，市区、郊区也行
8. 附近要有公车
9. 不怕吵（有噪音、车声、飞机声最好）

没炉灶、没家具、没冰箱，张爱玲最后的寓所可谓“家徒四壁”。

“对门朝北的窗前，堆着一叠纸盒，就是写字台。”

单单看到这句话时，我还迟钝地只是在字面上做些轻微

的叹息。当看到林式同拍的照片时，看到窗栏下那几只高高低低半新不旧的纸箱时，几乎不敢相信自己的眼睛，那就是张爱玲的“写字台”，整个人被震得灵魂出窍一般。以为，张爱玲什么都可以简舍，一个作家一张写字台总是必须的，哪里想到，这也是可以“舍”的。

所谓天才，便是这样，在你最想不到的地方，还原了事物的本来面目。

张爱玲的“舍”和李叔同的苦行僧不一样。她是觉得不必要。文字与她无隔，并不在于一张写字台的优劣。她向来能把事情看透，看穿。如此，便不叫清苦，倒可以叫清静了。突破写字台的作家，文字焉能不飞扬。难怪一出手就是经典，旁人只能东施效颦。

外面的东西自然进不来，身体发肤之痛，她也还是免不了烦恼的。

张爱玲电话中常常提到她的牙齿给她许多痛苦。

林式同说，“我的也有毛病，但没有像你那么痛苦，原因是舍得拔。”

张爱玲听了自言自语道，“身外之物还是丢得不够彻底！”

最高的舍，是舍去自己骨肉相依的一部分。这一点，我想张爱玲也一定渐渐明白了。

既然如此，她又怎会无端感叹，不去努力珍惜自己。

1991年三毛自杀，张爱玲甚不以为然。

她晚年定期看医生，用假牙，吃补眼神的药，买了不计其数的ENSURE营养奶。也买不少化妆品，主要都是针对皮肤的。1993年5月，（去世前两年）她还做了一次整容手术，配了隐形眼镜。因为她觉得自己戴眼镜不好看。

这样的张爱玲，是积极活着的。

她对美的追求并没停止过。对身体的反应也非常敏感，医治、保养，都很重视。虽然是一个人活着，但始终对自己很负责。也很少麻烦别人。她是因心血管病去世，享年75岁，按老话讲属于寿终。人谓五福，长寿、富贵、康宁、好德、善终。张爱玲占了四福。是很幸福的女人了。

张爱玲是世俗的，她喜欢听市声的，连飞机声都最好。张爱玲又是最超脱的，她在遗嘱中写明马上火葬，遗容不许拍照。骨灰撒向空旷无人之处。世俗的一切都唯恐避之不及，只有远离尘嚣，她的灵魂才能安逸。她不是避世，她是不媚世。她的内心始终被那袭华美的袍上的蚤子烦扰着，不得不大隐隐于市，就像用一层白蜡封住了它，暂时获得了表面上的平静安全，也只有这样，她才能尽情“在没有人与人交接的场合，充满了生命的欢悦”。

如果，于吃、穿、住、行，你都有还有各种要求，不过是去除一些过时的多余的东西，就不奢谈什么断离舍了吧？

后续：

年前，看中一件水红做旧的盘扣棉旗袍，松软温暖，娇媚得不得了，立时三刻要化在身上。买之前，忽然问了自己一声，“穿了会怎样呢？”立刻不响了。想了一下，它的确改变不了什么。

两个高智商男女的爱情游戏

二十二岁的张爱玲，写爱情故事，但是从来没有恋爱过。她暗下思忖“给人知道不好”。那是有天晚上，她去楼下买蟹壳黄（一种酥饼）。“她穿着件紧窄的紫花布短旗袍，直柳柳的身子，半鬈的长发”，颇为妖娆。归途明月当空，她不禁一阵空虚。

一向搞怪的张爱玲第一次对青春有了隐隐的憧憬和淡淡的渴望。

这就是《小团圆》，胡兰成出场前的气氛渲染，飞絮一样梦幻迷离。

胡兰成的机遇真是太好了。

也是天缘机巧，两人还没见过面。已经一个飞书传情，一个在空劳牵挂。

胡兰成在南京，写了篇书评，大赞才女。

张爱玲在上海，听说他关进监牢，和苏青去拜访周佛海要救他出来。

这个开场颇为浪漫。

胡兰成说得更妙：不晓得不懂得亦可以是知音。

冥冥中，感情都是虚无缥缈的，就像落在你手里的一片羽毛，优雅随风却不知所终，命运多舛而无法把握。

其实不见面，两人是各自仰慕和崇拜。

见了面，才成了俗世男女。

两人都那么自负，都天赋异禀，亦没有逃过感情劫数。

胡兰成是个贫家子弟，出人头地全凭才学。

只有一篇好文章能和人比。

只有张爱玲令他折服。

“所有能发生的关系都要发生。”

胡兰成志在必得。

胡兰成遇见张爱玲之前，在南京入狱险遭不测。被日本人救出后，愈发“神勇”，拿他的话来讲是全凭了“对文字的敬和狱中的静”。他撇下南京为他担惊受怕几个月的那位太太，匆匆到上海找到张爱玲。

张爱玲的敏感，是与生俱来的。

胡兰成有太太，那是很自然的。

中国人过了一个年纪全都有太太。

她的故事和思维里男人和女人的交集与婚姻与否没有什么干系。

这一点，她和胡兰成非常默契。

这是一对高智商的男女，他们的爱情游戏比常人程度更深。

张爱玲说："他天天来。"在客厅里一坐坐很久。"眼睛很亮，偶尔沉默时目光下视，像捧着一满杯的水，小心不泼出来。"

胡兰成自见《封锁》，内心澎湃，不可收拾。

十八般武艺一一要过来。

他讲生平的小故事，也讲许多理论。还有以前的恋爱小故事，特别是那些极美丽而又遗憾的未果的。听得张爱玲记在心里二十几年。

还有才子拍马屁：

"你脸上有神的光。"

哪个女孩子不开心。

"我的皮肤油。"

张爱玲更俏皮，也是一贯的简静。

胡兰成再战："是满面油光吗？"

才子以为他能放能收，焉知才女听到一嘴油腻，没兴趣再说下去了。

张爱玲也很有情调。“他走后一烟灰盘的烟蒂，她都拣了起来，收在一只旧信封里。”后来，她拿给他看，他笑了。奇怪就是这些使力有心的地方，两位高人总是戛然而止。似乎本应如此，理所当然。所以结果反而了了。

张爱玲以为，只有无目的的爱才是真的。所以，她不在意结果。对于胡兰成而言，这就是征服。爱的目的如果是征服，结果也不重要。

普通人受伤，多是因为征服者和被征服者，东施效颦，痛的丑陋说不出口。

和普通人比，他们更会玩。

张爱玲：“那么多钟点单独相对，实在需要有个交代。”

胡兰成：“我可以离婚。”

“他有没有略顿一顿？”

张爱玲在《小团圆》里紧跟的这句话太微妙了。

如果胡兰成有，张爱玲一定能感受到。记忆怎能出差？

那时胡兰成的妻子是应小姐，他第三任明媒正娶的女人。

前方有路障，且铜墙铁壁。而你直接就过去了，除非不是人啊。

这样穿行无障碍的车子，也只有胡兰成能驾驭了。

很多年后，张爱玲回忆当时也微微诧异了一下。

敏锐如她，当年也是昏了头了。

胡兰成没有路障，尤其是面对女人。他向来自由穿行。亦从不觉得有什么冲犯之事。非常惊诧胡的坦白。“我到南京，张爱玲来信，我在手里像接了一块石头，是这样的有分量。但并非责任感。”有分量而非责任感，风流才子稍稍转换思路，就啸歌而行，偷着欢喜了。

张爱玲也神奇。

胡兰成侃侃而谈，一坐坐五六个小时。每天他一走，张爱玲累得发抖，整个的人像淘虚了一样。她和姑姑两人都不说话，像大祸临头一样。

她暗下决定打破这恶性循环。张爱玲写信与他：你不要再来了。对于这种女儿家的小忧思，胡兰成只轻撇一下嘴角。第二天照常去，她则还是欢喜。

胡兰成吻为上。但是话说多了口干，像“干燥的软木塞”。他马上觉得她的反感，微笑着放了手。

这是张爱玲的初吻。

一个小说里的没有初吻之喜的女人，生活里原来也没有。

不仅如此，“一阵强有力的痉挛在他胳膊上流下去”。她想：这个人是真爱我的。

错了吧。

纵然你天赋异禀，敏锐彻底，但实践只有一回。

征服和爱的区别就是一个是强硬的，一个是颤抖的。

有一段时间胡兰成没来，冥冥中，张爱玲也庆幸“其患遂绝”。面对情感，张爱玲至少有一半的清醒。已经超过所有过来人的“留三分清醒”。但她也终是肉身。你走我送，你来我迎。

如此而已。有时都觉得张爱玲也有风尘女子的从容。

后来就有了，“你既喜欢，我就给了你。”

男人征服的大前提就是女人俯首称臣。

遇到张爱玲，送他一句：她变得很低很低，低到尘埃里开出了花来。

把他对她的征服变成了她对他的感激、感动。且是义正情深，小女子重情完败大男子主义。

胡只好强行端坐：我亦“不过是爱悦，未必有要的意思”。

私下里，从头至尾都是费尽心力，以致苹果到手亦不是破涕为笑，而是更加哭得凶了。因为得来不易。

张比一般女孩子漂亮的就是没有幻想。她可以跟着情绪走，跟着感情走。但这都是在她敏锐的感觉之中的。一旦感情的线有所偏离，她也一样果决。即便有万般的不舍，她也是不会回头，不会苟且不会委曲求全。

这就是张爱玲。

深情而理性。

冷漠又无情。

时隔多年，张爱玲写《小团圆》，胡兰成有《民国女子》。

才女才子各自写出来，各有生花妙笔。对比起来看更有意思。

两个都不单纯的人，你走了六步，我走了四步。每一步都踏准了节奏，进退自如。各种假动作出神入化。爱情对于他们来讲，就是一堆篝火，他们围着篝火跳舞唱歌，无比快乐，但始终不会向前一步，浴火自焚，更不会像凤凰涅槃一般，得到重生。

篝火兀自燃烧，看着两个绝顶聪明的人被爱情玩了一把。

从头憾到尾。

张爱玲与李碧华的《霸王别姬》

1937 年，张爱玲写了《霸王别姬》；1981 年，李碧华的《霸王别姬》出版。两部小说放在一起看，一短一长、一轻一重、一冷一热。完成之时，张爱玲天性冷淡，纵然是青春妙龄，也难抵她一出生就自带的末世的悲凉。李碧华则生当逢时，百般精神，一部《霸王别姬》铿锵有力，痛快销魂。

比较看，两人眼里的霸王与虞姬，各有各的意态。

张爱玲：

他有一张粗线条的脸庞，皮肤微黑，阔大，坚毅的方下巴。那高傲的薄薄的嘴唇紧紧抿着，从嘴角的微涡起，两条疲倦的皱纹深深地切过两腮，一直延长到下颔。他那黝黑的眼睛，虽然轻轻蒙上了一层忧郁的纱，但当他抬起脸来的时候，那乌黑的大眼睛里却跳出了只有孩子的天真的眼睛里才有的焰焰的火花。

李碧华：

头抬起，只见他一张年青俊朗的脸，气宇轩昂。……一条好嗓子，长的是个好个子。武功结实，手脚灵便，声如裂帛，豪气干云。

张爱玲眼里的霸王，疲倦、坚毅、天真，既是美男子，更是穷途末路的盖世英雄。

李碧华的霸王是托着戏子转生的。有着一副好皮相，气势做派都靠着铿锵鼓乐、唱念做打而栩栩如生。是墙上的画，台上的戏。

两人各念各的霸王，各怀各的心思。

张爱玲要看的是霸王的心。

李碧华只要他一副皮囊，抓过来丢进人间的深渊。

再看虞姬。

张爱玲：

那苍白、微笑的女人，紧紧控着马缰绳，淡绯色的织锦斗篷在风中鼓荡。

李碧华：

他身旁的他，纤柔的轮廓，五官细致，眉清目秀，眼角上飞。……除了甜润的歌喉，美丽的扮相，传神的做表，适度的身材，卓越的风姿，他还有一样，人人妒恨的恩赐。就是“媚气”。

李碧华眼里的虞姬，重一个“媚”字。“旦而不媚，非良才也。求之亦不可得。”柔弱、娇颤、销魂。

张爱玲眼里的虞姬，眉眼在风中淡去，只有苍白的脸对绯色的衣，凄冷中一点惨淡的微笑。

都是女人看女人，李碧华看到风情，看到色相。张爱玲洞见忧愁，洞见痛苦。

一个犀利地刺穿女人和男人，一个一门心思都是女儿家的哀伤。

一部《霸王别姬》，最惊心动魄的，是虞姬自刎的那一剑，都关于爱，却是不同的两个端点。

张爱玲：

虞姬微笑。她很迅速地把小刀抽出了鞘，只一刺，就深深地刺进了她的胸膛。项羽冲过去托住她的腰，她的手还紧紧抓着那镶金的刀柄，项羽俯下他的含泪的火一般光明的大眼睛紧紧瞅着她。她张开她的眼，然后，仿佛受不住这样强烈的阳光似的，她又合上了它们。项羽把耳朵凑到她的颤动的唇边，他听见她在说一句他所不懂的话："我比较喜欢那样的收梢。"

李碧华：

"汉兵已略地，四面楚歌声，君王意气尽，贱妾何聊生？"就用手中宝剑，把心一横，咬牙，直向脖子抹去。血滴……小楼完全措手不及，马上忘形地扶着他，急得用手捣着他的伤口，把血胡乱地，"拨回去"，堵进去……剑光刺目。

蝶衣望定小楼，他在他怀中。他俩的脸正正相对。停住。"蝶衣！"血，一滴一滴一滴……蝶衣非常非常满足。掌声在心头热烈轰起。红尘孽债皆自惹，何必留痕？互相拖欠，三生也还不完。回不去。也罢。不如了断。死亡才是永恒的高潮。

张爱玲：兵败前夜，虞姬想到了自己的一生，即便功成，也是虚无。

——啊，假如他成功了的话，她得到些什么呢？她将得到一个"贵人"的封号，她将得到一个终身监禁的处分。她将穿上宫妆，整日关在昭华殿的阴沉古黯的房子里，领略窗子外面的月色，花香，和窗子里面的寂寞。她要老了，于是他厌倦了她，于是其他的数不清的灿烂的流星飞进他和她享有的天宇，隔绝了她十余年来沐浴着的阳光。她不再反射他照在她身上的光辉，她成了一个被蚀的明月，阴暗、忧愁、郁结，发狂。当她结束了她这为了他而活着的生命的时候，他们会送给她一个“端淑贵妃”或“贤穆贵妃”的谥号，一只锦绣装裹的沉香木棺椁，和三四个殉葬的奴隶。这就是她的生命的冠冕。

十七岁的张爱玲，一路往前看，看到了七十岁的荣耀和盛名，裹着满身绫罗慢慢腐烂的一生，这才是可怕的。

“我比较喜欢那样的收梢。”

这是虞姬的最后一句话。项羽没懂，“那样的”是什么？

项羽战死沙场，虞姬为你自刎，便是你我最好的结局。宁可助你战死沙场，也不要半世荣华，在虚名、孤寂、等死中慢慢腐朽。再也没有比“我比较喜欢那样的收梢”更明白的张爱玲了。张爱玲的这一剑，冰冷从容。不见血，但见火，火里迸出一点泪。灼灼地燃到了极致。爱，即便短暂，我也要完完全全的拥有。

李碧华的虞姬转世为人，却始终人鬼不分，阴阳颠倒，即便是托生在暗娼的肚子里，灌了人血，食了人烟，还是仙胎鬼魂，终究不入红尘。于霸王的情爱上，更是异常的艰难和凶险。

蝶衣拔剑自刎。李碧华的这一剑，措手不及，摧肝裂胆。血喷涌而出，心头热辣一片。是了断，是最后的告白。哭声大作，从此你我都自由了。

电影《霸王别姬》在这里结束了。魂归离恨天，是干净利落的收梢。生命只有一次，真爱也只有一次。

小说并没有就此结束，后来的蝶衣梦醒残生，是作为人的，是皮囊，无爱，像猪狗一样活着。

张爱玲的《霸王别姬》不过两千字，却是细描工笔，一贯的苍凉到底。李碧华的虽是长篇，却轻灵诗意，一行一句，点到心底，叫人荡气回肠。

李碧华，从不出席任何活动，只为文字而活。张爱玲生前更是绝然，孤身一人魂归异乡。

李碧华和张爱玲，她们都离人间远远的。

最微妙的是，勾搭成爱

近来再读《红玫瑰与白玫瑰》，发现小说的前三分之一，很有意思。

红玫瑰叫王娇蕊。从前是个出名的交际花，因为玩得名声不太好了，就手忙脚乱地抓了个士洪结了婚。她的出场很有特色："内室里走出一个女人来，正在洗头发，堆着一头的肥皂沫子，高高砌出云石塑像似的雪白的波鬈。"她穿着一件浴衣："一件条纹布浴衣，不曾系带，松松合在身上。"

你以为的交际花是搔首弄姿、浓妆艳抹、扭捏作态的吧。不是，就是这般"一点不做作"的：洗过了、湿湿的、裸妆的。而这种情景，她的丈夫觉得自然，初次见面的振保也已经不知道想到哪里去了……

被她溅了点沫子在手背上，便"不肯擦掉它，由它自己干了，那一块皮肤便有一种紧缩的感觉，像有张嘴轻轻吸着它似的”。他看着她的浴衣，“从那淡墨条子上可以约略猜出身体的轮廓，一条一条，一寸寸都是活的。”世人只说宽袍大袖的古装不宜于曲线美，振保现在方知道这话是然而不然。

上世纪四十年代旧上海的小公馆里，就是这样，弥漫着一股交际花的肥皂香和一把散乱的湿漉漉的长发。

士洪觉得自然，是因为一贯陶醉其中。而振保是个什么样的男人，娇蕊两下里一对眼，就知道了。“也不过是个贪吃贪玩的男人”。一个练就一双火眼金睛的交际花，即便嫁了人，也能在片刻之间找准猎物。

娇蕊第二天就意图把振保吊上手。

这回，她穿的是件曳地长袍，“是最鲜辣的潮湿的绿色，沾着什么就染绿了”。张爱玲下笔实在厉害，还有什么色配得上她对男人的赏玩。且不单是绿色，“衣服似乎做得太小了，两边迸开一寸半的裂缝，用绿缎带十字交叉一路络了起来，露出里面深粉红的衬裙。那过分刺眼的色调是使人看久了要患色盲症的。”

娇蕊几乎是招招致命。

振保恰恰就喜欢这样热的、放浪一点的、娶不得的女人。

接下来，两份杯盘，碟子里盛着酥油饼干与烘面包。两人相对而坐，单等着振保如何配合了。偏偏振保不是个性急的。交际花不比妓女，何况眼前的还是朋友妻。这是因为振保比一般色鬼多了顶绅士的帽子。但他还是愉快地坐下来了。

娇蕊微瞟了他一眼，“你不知道，平常我的记性最坏。”

瞟，瞟了一眼，单单只是瞟打动不了振保，这是交际花的标签，烂熟的。后面记性不好的话才是暗示娇蕊对他另眼相看，这是让男人自以为有魅力了。果然，振保的心，怦的一跳，不由得有些恍恍惚惚。

振保至此领教了娇蕊的诱惑，这女人的本事，不好惹，于假绅士的理论上再分析也觉得犯不着，便添了几分戒心。娇蕊倒没料到。若是一般般的男人，这两三回就拿下了。

但若是就此收手，那也不是出名的交际花王娇蕊了。

接下来振保躲着，娇蕊则还是睡衣，无论哪一款，都有机会让振保看到，并为之徒然激动。王娇蕊的斗志上来了，我看你能耐到何时。又过了两个礼拜。娇蕊把手段都用完了，振保还是荡在半空中，尽管火烧火燎，却还是没冲下来扑倒她。

她沉默了。

不一样的女人不一样的沉默。

这沉思默想的方式也是交际花式的充满魅力：天下了两滴雨，又觉寒飕飕的。振保赶回来拿大衣。他寻了半日，着急起来，见起坐间的房门虚掩着，“一眼看见他的大衣钩在墙上一张油画的画框上，娇蕊便坐在图画下的沙发上，静静的点着支香烟吸……沙发的扶手上放着只烟灰盘子，她擦亮了火柴，点上一段吸残的烟，看着它烧，缓缓烧到她手指上，烫着了手，她抛掉了，把手送到嘴跟前吹一吹，仿佛很满意似的。他认得那景泰蓝的烟灰盘子就是他屋里那只。”

这下子振保完全被征服了。

振保想，娇蕊向来任性，一向要什么有什么，遇到一个略具抵抗力的，便觉得他是值得思念的。婴儿的头脑和成熟的妇人的美是最具诱惑力的联合。

娇蕊呢，虽然能一眼看清振保的贪心，却也能在他的躲避和防备里，看到她自己的分量。她原只是要挑战一下伪君子的底线。当不能成事的时候，她很清楚，是个人的名声大过了自己的魅力。那惨淡的一笑，是对自己的了然和讥讽。振保或许当作痴心吧。

两个人从此都有了心，有了身体。可却不是同一条心，同一个身体。

之后的故事其实很平淡。若只是勾搭成奸，故事尽失其味。最微妙的是勾搭成爱。

小说结尾两人最后一次见面，各自断断续续的沉默。娇蕊每隔两个字就顿一顿：是从你起，我才学会了，怎样，爱，是认真的……爱到底是好的，虽然吃了苦，以后还是要爱的……

红玫瑰的最后一课，是玩心变成了痴心。交际花一旦付出真心，就根本不是这一路的女人了。从此，她成了一个普通的乏味的妇人。不再风光，但心，安定了。

后来离婚又再婚的王娇蕊，“比前胖了……很憔悴，还打扮着，涂着脂粉，耳上戴着金色的缅甸佛顶珠环，因为是中年的女人，那艳丽便显得是俗艳。”相比于她全盛时期穿着浴袍子坦然自若的样子，这形象，表面上看来还是光鲜，骨子里却是完全地摒弃了风韵，因为失去了虚荣心和爱，一切都已经毫无意义。

女人最美的时候，是湿湿的。及到普通的时候，是憔悴的艳丽。

振保的心却空了。他看见他的眼泪滔滔流下来，为什么，他也不知道。如果有人必须哭泣，那应当是她。这完全不对，然而他竟不能止住自己。

心口留下的朱砂痣，永远抹不去。

张爱玲之俗

一

说她俗的名家不少，如贾平凹，“张是一个俗女人的心性和口气，嘟嘟嘟地唠叨不已，又风趣，又刻薄，要想离开又想听，是会说是非的女狐子。”傅雷也说，写的都是“疲乏，厚倦，苟且，小奸小坏的市民”。王安忆更是以“世俗”为题，说她“只看着鼻子底下的一点享受……又不自主地要在可触可摸的俗事中藏身，于是，她的眼界就只能这样的窄逼”。

她是俗，连名字都俗。

伊是张爱玲，说是非，绘俗世。

随便摘两段：

老年人本来邋遢，帮佣生涯也一切马虎，扎脚袴又聚气。北边乡下缺水，天又冷，不大能洗澡。大红棉袴又容易脏，会有黑隐隐的垢腻痕。也许是尿臊臭的联想加上大红袴子的挑逗性，使我姑姑看了恶心。

沿街都是半旧水泥衖堂房子的背面，窗户为了防贼，位置特高，窗外装着凸出的细瘦黑铁栅。眼下遍地白茫茫晒褪了色，白纸上忽然来了这么个“墨半浓”的鬼影子，微驼的瘦长条子，似乎本来是圆脸，黑得看不清面目，乍见吓人一跳。

“张爱玲对日常生活，并且是现时日常生活的细节，怀着一股热切的喜好。”这是她置身于俗世的最大方的姿态最无遮拦的表白。她就是这样触摸着体味着俗世的每一个时刻，并不时快乐着：“写《倾城之恋》时有些得意的句子，如火线上的浅水湾饭店大厅像地毯挂着扑打灰尘，拍拍打打，至今也还记得写到这里的快感和满足。”如果联系到战争是政治家的游戏，那么她配合默契的小说语言算不算黑色幽默？

说到日常的敏感细腻，她翻译过一部方言旧小说《海上花列传》。这部书写的是清末上海租界内来往于长三书寓的官绅名士商贾以及一批倌人妓家。非常写实、辛辣，也是一部才子书。有段时间钻在里面，细细领略长三小楼里的衣食住行和风月往事，有独门绝技的大片感。张是很激赏这部小说的，但她又很平淡地指出作者有“最自负的结构”，“极度经济”，“轻描淡写不落痕迹”，“在我所有看过的书里最有日常生活的况味”。名家书评随风而过，却有水花溅湿手臂之感。这部小说后来被改编成电影，这种深抵俗世的进入感擅长场景还原的侯孝贤也觉察到了，只是他拍的没有写的那么好。

二

这个俗女人不写诗的，但她夹在小说里的几句诗词或古语又着实令人倒吸一口凉气。

无奈我写的悲哀往往是“如匪浣衣”的一种。

《倾城之恋》的背景即是取材于《柏舟》那首诗上的，“亦有兄弟，不可以据。忧心悄悄，愠于群小。”

当我想口沫四溅地来解说一下什么叫“如匪浣衣”时，她接下去淡淡地说“如匪浣衣”是一个譬喻，我尤其喜欢。那种杂乱不洁的，壅塞的忧伤，江南的人有个词可以形容，“雾数”。

国语里似乎没有相等的名词。

自称俗人的轻飘飘口吐莲花，惊艳了一湖碎萍菱叶。

不是地道的江南人，恐怕不会懂“雾数”这个词。国语中没有口语有，她听到了，落成字也极形象。这种况味，一说出来，就像河边的一棵水草，原本样样都洇在心里。

她不吟诗不要宝，只是恰到好处地运用。

她还是上承三千年诗三百下抵当今江南小镇俚语，好像只有一射之地，剑光一闪瞬间破解了不少曼声雅乐。

三

这个俗女人也不富裕，挣了点稿酬就去买口红买衣服，不怎么买书更不会藏书了。

古来雅士尤好“有湖中月，江边柳，陇头云”。这之中，我曾叹慕宋代罗大经的《鹤林玉露》中的这段话：“余家深山之中，每春夏之交，苍藓盈阶，落花满径，门无剥啄，松影参差，禽声上下。午睡初足，旋汲山泉，拾松枝，煮苦茗啜之。随意读《周易》《国风》《左氏传》《离骚》《太史公书》及陶杜诗、韩苏文数篇。从容步山径，抚松竹，与麛犊共偃息于长林丰草间。”

山中无历日，寒尽不知年。一茶数卷，随开随合，悠然若仙。读之迷思，念念不绝，以为至境。

后来看到她在港战中当防空员，驻扎在冯平山图书馆，发现有一部《醒世姻缘》，马上得其所哉，一连几天看得抬不起头来。房顶上装着高射炮，成为轰炸目标，一颗颗炸弹轰然落下来，越落越近。她说，“我只想着：至少等我看完了吧。”

突然会心一笑，又浑身的不自在。

罗大经列出的是经典之《周易》《国风》《左氏传》《离骚》……她看的是张恨水的言情小说《醒世姻缘》。山林野趣茅檐低舍品茗闲读或许还可一朝还原搞个格调民宿得钱又得名，这炸弹在头顶依旧手不释卷怡然自得的不凡不俗，却是学不来的。

罗大经的这份雅读的最高品味就像是挂在墙上的一幅古画，永远走不到里面去。古画之下，可能满桌客套，世故人情。俗人不过在惨烈的现实面前抢下一点时间读本小说而已，然而一身读书人的痴性，藏也藏不住。虚的横生数百年，梦里深处长歌当哭，俗的无知无觉独自走过四季风雷，且绕过炸弹去写战争背景下的男欢女爱。人世的一切好像她都在意又都不在意。

四

王安忆说她“略一眺望到人生的虚无，便回缩到俗世之中，而终于放过了人生的更宽阔和深厚的蕴含”，“又回落到了低俗无聊之中”。果然是，一遇到这些场景她扭头就走了。不过她无聊吗，这个连炸弹都惊不了的女人能看能听能写能思能辨。她安然坐在观众席上也风行文坛几十年了。她很乐意当个俗人，很坦然，也很自得。无人打扰，也拒绝见人。在赖雅去世后的二十几年时间里她都这样，也没有摆出“山光忽西落，池月渐东上”的作态，也没有“醉弄扁舟，江湖上，遮回疏放，作个闲人样”，生怕世人不知。亦不“恨无知音赏”，亦不“感此怀古人”，更没有“临晚镜，伤流景，往事后期空记省”。这个俗人，无诗无酒亦无茶，潇洒自在。

有些场合很雅，满场诗画盈然，茗烟飘渺，一入世情，皆为利场。她倒是俗来俗往，像株古树一样扎在人世任由手眼四处伸展，又不违拗自身的成长规律。如李颙讲的“胸次悠然，一味养虚，以心观心，务使一念不生”。

俗，听着好像唯恐避之不及，其实人生何处不相逢。

这个俗女人，阅尽世态，一念不生。

在她面前，你标榜不起雅。

图书在版编目（CIP）数据

清平乐 / 潇湘蓝著．—上海：文汇出版社，
2020.8
ISBN 978-7-5496-3151-3

Ⅰ．①清…　Ⅱ．①潇…　Ⅲ．①随笔－作品集－中国－
当代　Ⅳ．①I267.1

中国版本图书馆 CIP 数据核字（2020）第 091460 号

清平乐

著　　者　潇湘蓝
责任编辑　徐曙蕾
装帧设计　董红红

出版发行　文匯出版社
　　　　　上海市威海路 755 号
　　　　　（邮政编码 200041）

照　　排　南京理工出版信息技术有限公司
印刷装订　上海新文印刷厂
版　　次　2020 年 8 月第 1 版
印　　次　2020 年 10 月第 2 次印刷
开　　本　890 × 1240　1/32
字　　数　138 千
印　　张　8.125

ISBN 978-7-5496-3151-3
定　　价　36.00 元